보성판소리를 창시한 송계 정응민 선생님의 고장 보성
이 시대 최고의 판소리 대가 조상현 선생님의 고장 성지 보성
보성소리축제 판소리 이재석 소리꾼의 고장 성지 보성

시담포엠 시인선 018

엄마의 등대

이용이 작가의 실화소설

이용이 작가의 실화소설

엄마의 등대

초판발행 2020년 2월 20일 제 1판 인쇄

지 은 이 | 이용이
펴 낸 이 | 김성규 박정이
대표 겸 편집주간 | 박정이
편 집 인 | 김세영
펴 낸 곳 | 도서출판 시담포엠

출판등록 | 2017. 02. 06
등록번호 | 제2017-46호
주   소 | 서울시 강남구 태혜란로 311-1321호<역삼동, 아남타워>
대표전화 | 02)568-9900 / 010-2378-0446
이 메 일 | miracle3120@hanmail.net

©2020 이용이
ISBN 979-11-89640-07-1
값 15,000원

보성판소리를 창시한 송계 정응민 선생님의 고장 보성
이 시대 최고의 판소리 대가 조상현 선생님의 고장 성지 보성
보성소리축제 판소리 이재석 소리꾼의 고장 성지 보성

시담포엠 시인선 018

엄마의 등대

이용이 작가의 실화소설

도서출판 시담포엠

✍ 작가의 말

언제 불러보아도 가슴을 저미어 오는 어머니, 장남인 내가 어렸을 적부터 유달리 어머니를 좋아했기에, 한평생을 우울증? 환자처럼 울고 지내던 어머니의 모습을 몰래 훔쳐보며 살아왔기에 이 소설을 써본다.

먼저 이 책을 쓰기 위하여, 울 어머니가 항상 그토록 가고 싶어 했고 백 여 년이라는 세월이 흘러 지금은 많이 변해버렸지만, 가시면은 통곡을 하시던 벌교 장암리 산등부락(웃나루) 근처에 있는 하얀 등대가 있었던 로렐라이 언덕을 닮은 언덕과 외할아버지 박중양 선장이 배를 타고나가 난파를 당했던 먼 바다를 찾아보고, 어머니가 태어났던 집터와 산등부락을 둘러보았다.

그리고 외할머니의 재가(재혼)로 어머니 슬픔의 출발점이 된 조성면 매현리 선들부락으로 발걸음을 옮겼다. 내가 어릴 적에 어머니를 기쁘게 해주려고 쌀 몇 되, 콩 몇 되 등을 외할머니에게 얻으러 갈 때에는 그토록 멀었던 논밭사이의 시오리 길은 자동차 도로가 시원스레 나있고, 넓은 외갓집 뜰에서 자라던 수많은 과일 나무는 그대로인데 다른 사람이 살고 있었다.

다음으로 어머니가 시집가서 살았던 득량면 마천리 동막부락으로 발길을 돌려보니, 높은 산중턱에 있던 집들은 뜯겨

저나갔고 삼백년이 넘은 동백나무만 노구를 이끌고 마을을 내려다보고 있었다.

마지막으로 어머니가 사셨던 보성읍내 집을 세군데 들러보고, 논이 있었던 용문리 정지내 평야지대와 주음저수지의 홍련을 바라보고, 밭이 있었던 순국비 고개 밑으로 가보니 밭에서는 여전히 콩들이 자라면서 반갑게 맞아주었다.

서울로 올라오는 길에, 얼마 전에 새로이 어머니를 모신 화순군 도곡면 불문사 추모관에 들러 하얀 국화 한 송이를 바치면서 사랑하는 장남이 "엄마의 등대" 란 책을 써서 어머니의 한평생을 그토록 슬프게 했던 과거를 모두 가둬 버릴 것이니, 이제는 천국에서 평안하게 사시라고 절을 올렸다.

수집해온 자료를 바탕으로 어머니의 기일인 팔월 열나흘 날부터 원고를 쓰기 시작하였고, 집필을 마치고 나니 계절은 겨울과 봄을 지나서 어느덧 여름장마의 끝자락에 와 있었다.

처음 써보는 글이라서 부족한 점이 많지만, 어머니를 그리는 마음으로 써내려갔음을 혜량하여주시면 감사하겠다. 마지막으로 이 책을 내도록 많은 격려와 지도 편달을 해주신 시인 겸 소설가 박정이 선생님께 감사의 말씀을 올리고, 보성군내의 여러 자료를 제공해준 형님 박경운과 친구 김현철, 이경로에게 감사드린다.

2020년 1월 7일 새벽에 집필을 마치고.....
저자 이용이 드림

차 례

엄마의 등대

한여름 밤 폭우가 쏟아지는 갯벌 뚝방길을 점하나가 걸어가고 있었다. 어머니 박정심이 아버지인 박중양의 제사에 꼭 참석하고 오라고, 산등부락에서 살면서 동생 박중양의 제사를 지내주고 있는 박중양의 큰형 집으로 쌀 2되를 등짐에 넣어 열 세 살짜리 장남 용이를 산등부락으로 보냈는데 벌써 두 시간째 길을 잃고 캄캄한 폭우 속에서 헤매고 있다.

날씨가 좋은날은 용이가 살고 있는 보성 읍내에서 기차를 타고 벌교역으로 가서 역전 옆 철교 밑에 있는 포구에서 황포 돛단배를 타고 바닷물 길을 따라 30여분 정도 내려가면 산등부락 웃나루 포구에 도착하고 포구에서 30분정도 걸어가면 외숙부인, 박중양의 큰형이 살고 있었는데 그날따라 유난히 많은 비가 내려 기차가 연착에 연착을 거듭하면서 벌교역에 내리니 벌써 배는 출발해 버렸고 땅거미가 지고 있었다.

용이는 어찌할 바를 모르고 주위를 맴돌다가 사랑하는 어머니가 꼭 갔다 오라고 신신당부를 했고 다녀오면 기뻐하실 어머니 모습이 떠올라서 전에 엄마의 손을 잡고 바닷가 뚝방길을 걷던 기억을 더듬어 외삼촌 집을 향해 혼자서 출발했는데 가면 갈수록 폭우로 앞길이 보이지 않았다.

비에 젖은 뚝방길이 어찌나 미끄러운지 걷다 미끄러지기를 반복하다가 아예 걷는 것을 포기하고 개처럼 손발로 엉금 엉금 기어서 가고 있는데 만조가 되어 바닷물이 차오르자 군데군데 뚝방길이 바닷물 속에 잠겨 사라져 길을 찾기가 점점 어려워져 뚝방길에 주저앉아서 나이어린 용이는 처음으로 죽을 수 있다는 공포심에 휩싸여 들기 시작하였다.

이때 저 멀리서 횃불을 들고 이름을 부르며 몇몇 장정들이 다가오고 있었고, 한참이 지나서 외삼촌과 동네 장정들이 나타나자 용이는 이제는 살았다고 안도의 숨을 내쉬며 외삼촌과 부둥켜안고 엉엉 울었다. 장정이 업어서 외삼촌 집으로 데려가 그날 저녁 외할아버지 제사에 참석하여 절을 올릴 수 있었고, 사람들은 "그렇게 많이 쏟아지는 폭우 속에서 살아서 돌아올 수 있었던 것은 순전히 외할아버지 은덕"이라고 치하했다.

다음날은 씻은 듯이 맑은 날씨가 되어 로렐라이언덕처럼 생긴 높은 언덕위에 있는 외할아버지 묘소를 찾아가서 술을 한잔 올리며 절을 하고 돌아서서 어머니 박정심이 그토록 그리워하며 발걸음을 떼지 못하고 오랫동안 주저앉아 울고 있었던 빨간 모자를 쓴 하얀 등대로 올라가보니, 하얀 등대는 여전히 외할아버지가 고기잡이를 나가 폭풍우 속에서 난파를 당하여 돌아가신 먼 바다를 무심히 바라보고 있었다.

어머니 박정심은 하얀 등대가 아버지 박중양 선장의 뱃길을 제대로 안내해주지 못해서 배가 난파를 당해버려 아버지를 잃고 욕심쟁이 의붓아버지 밑에서 고생을 하면서 한평생 불행한 삶을 살게 되었다고 원망하며, 자신이 등대가되어 "아버지를 구해내서 어머니와 행복하게 살고 싶다"는 꿈속에서 시간이 허락하면 모든 일을 팽개친 채 미친듯이 등대로 달려갔던 것 같았다.

1920년대 전남 보성군 벌교읍 장암리 산등부락은 50여 가구의 밀양박씨들이 500여 년 전부터 자자일촌을 이루고 살아왔고, 마을 앞에는 하루도 쉬지 않고 밀려오는 바닷물이 깎아지른 백여 척의 석벽위에 로렐라이 언덕이라고 별명 지어진 높은 언덕이 있고, 그 언덕위에는 십여 척에 달하는 하얀 등대가 빨간 모자를 쓰고 매일밤 불을 밝혀 뱃길을 안내하고 있었다.

산등마을에서 시오리 떨어진 등대로 가는 길에는 초봄이 오면, 연초록 치마저고리를 입고 봄바람에 맞추어 바람난 처녀처럼 온몸을 흔들어 대는 파릇파릇한 보리밭이 끝없이 펼쳐지고 바다에는 보리 숭어들이 앞을 다투어 해변으로 몰려들었고, 늦여름이 되면 보리들이 서로 빨리 익으려고 노란 옷으로 갈아 입으며 황금벌판에 물보라를 연출하였다.

보릿고개를 맞아 배가 고픈 아이들은 주인 몰래 보리를 한 움큼 베어다가 모닥불에 구어 먹고 양손과 입 주위가 시꺼멓게 칠해진 줄도 모르고 신이 나서 뛰어다니다가 보리밭 주인에게 끌려가 혼이 나기도하였고, 이렇게 한동안 익어간 보리를 베어서 말리고 타작을 하여 가마니에 담아 십여 명의 장정들이 지게에 지고 마을로 돌아가는 희망찬 모습들은 밀레의 이삭줍기 같은 한 폭의 유화를 연상케 하였다.

여름의 초입부터 팔월 장마가 시작되기 전까지는 온 들판에 고구마넝쿨이 뻗어나가면서 진초록 옷으로 갈아입고 찾아오는 이들을 반기다가, 가을이 되면 고구마 줄기는 소먹이로 베어지고 붉고 굵은 고구마들이 얼굴을 내밀며 시집갈 준비를 하였다.

겨울이 되어 동장군이 몰고 온 북풍 한파가 기승을 부릴 때에도 로렐라이언덕처럼 높은 언덕은 푸른 잔디로 갈아입고 온천지를 녹색으로 물들이고 있었다.

이곳을 찾아온 이들은 로렐라이언덕을 닮은 높은 언덕의 사시사철 아름다운 경치와 어우러진 바다의 풍광이 어찌나 아름답던지 떠날 줄을 모르고 이구동성으로 찬양하며 시를 짓거나 그림을 그려 화폭에 담았고, 등대의 빨간모자 아래에 살고 있는 각시거미 마저 밤하늘을 수놓은 수많은 별들과 꼬리에 꼬리를 물고 떨어지는 유성을 보며 시를 쓰고 읊조리며 신선처럼 살아가고 있었다. 나도 시 한편을 쓰며 낭독해 보았다.

"각시거미에게 물어 본다"

끝없는 우주에 구름 그물을
매달아 내고 있는 각시거미

바둑판위에 바둑을 놓듯
항성인 태양을 중심으로
주위에 여덟 개의 행성과
일백 육십 여개의 위성을 매달고
수많은 소행성을 배치하여
태양계를 수놓아 간다

누가 지구에 매달아 놓았는지
각시거미에게 물어 본다

전국 각지에 로렐라이언덕처럼 생긴 높은 언덕의 아름다운 풍광이 알려지기 시작하자 인근 초등학교의 소풍지로 인기가 높아 봄, 가을이 되면 수많은 아이들이 소풍을 오고 뒤따라온 부모들, 엿장수, 떡장수, 과자장수들로 하루 종일 북적거렸으며 외지에서 찾아온 청춘남녀들은 쉬이 떠나지 못하고 밤새워 사랑을 속삭이는 관광 명소로 각광을 받아가고 있었다.

온 들판이 황금물결로 출렁거리고 오곡백화가 익어가는 추석 하루 전, 늦가을의 하늘은 유난히도 맑고 푸르러 밤이 되면 수많은 유성들이 앞을 다투어 로렐라이 언덕처럼 높은 언덕의 해변 가 하얀 등대위로 꼬리에 꼬리를 물고 쏟아져 내리고 있었다.

그때 우주저편에서 날아온 생명의 씨앗을 잉태한 유성 하나가 벌교읍 장암리 산등부락 해변가 언덕위에 높이 솟아 있는 빨간 모자를 쓴 하얀 등대 앞 바다에 떨어졌고, 등대의 불빛이 생명의 씨앗을 밀양박씨 자자일촌 산등마을 박남수의 구 남매 중 둘째아들인 박중양의 집으로 안내하였다.

1929년 11월 29일 칠흑 같은 밤이 깊어가는 술시에 기와집 담장너머로 우렁찬 아이의 울음소리가 울려 퍼지며 남편 박중양과 부인 송화자 사이에서 첫딸인 박정심이 태어났고, 아침 해가 밝아오자 대문에는 말린 벼줄기로 듬성듬성 새끼를 꼬아 사이사이에 숯을 끼워 넣은 금줄이 걸리고, 온 동네에 아이의 탄생을 알리는 하얀 백설기 떡을 만들어 돌리기 시작하였다.

아이가 태어 난지 칠일이 되자, 장암리 마을에서 50여 마지기의 전답을 가지고 고기잡이배 두 척을 부리며 부자로 살면서 이웃에게 넉넉하게 인심을 베풀어온 박선장 집에 첫딸이 태어났다고 마을 사람들이 징과 꽹과리를 치고 모여들어 풍악을 울리며 박선장 집을 비롯한 온 마을의 가가호호를 찾아다니며 새로 태어난 아이의 무병장수와 행복을 빌면서 축하를 해주었고, 박선장은 큰 황소와 돼지를 잡고 많은 떡과 음식을 만들어 마을 사람들을 극진히 대접하였다.

산등마을 앞에 드넓게 펼쳐진 갯벌은 전국에서 보기 드물게 진흙의 입자가 아주 작은 부드러운 곳이라 플랑크톤이 풍부하여 많은 꼬막과 어류들이 살고 있었고, 동네 아낙들은 썰물 때에 맞추어 삼삼오오 짝을 지어 동네 앞에 드넓게 펼쳐져있는 갯벌 밭으로 나아가 꼬막을 잡으려고 송판을 잘라서 넓이 한자에 길이 열자 크기로 만든 널배 위에 커다란 대바구니를 얹어놓고 무릎을 구부려 한쪽다리를 널배 위에 얹어놓아 무게의 중심을 잡고, 한쪽 다리로 갯벌을 차고나가 종횡무진으로 내달리며 호미로 개펄을 파헤치며 꼬막을 잡기 시작하였다.

그때에는 어찌나 꼬막이 많이 잡혔던지 금세 대바구니를 가득 채웠고 산더미처럼 잡힌 꼬막은 마을 앞 해변에서 돛단배에 실려서 시오리 떨어진 벌교읍 기차역 앞에 있는 장터로 옮겨지고, 상인들에게 팔려서 일부는 근처 꼬막전문 식당에서 꼬막 전, 무침, 찌개 등 수많은 종류의 반찬으로 만들어져 팔려나갔고, 나머지는 기차에 실려 팔도시장으로 팔려 나가면서 벌교 꼬막의 명성이 차츰 높아지고 있었다.

그해는 수산물도 풍년이 들어 밤이 되면 마을 장정들이 모여 앉아 지름이 5치정도 되는 두꺼운 밧줄을 100여자 정도의 길이로 꼬아서, 거기에 두께가 1치정도 되고 길이가 2자정도 되는 새끼를 꼬아 빈 소라껍질에 구멍을 뚫어 두꺼운 밧줄에 5치 간격으로 줄줄이 매달아 길게 늘어뜨린 주꾸미 통발을 바닷물 속에 넣어두고 다음날 아침에 밧줄을 당겨 끌어내면 소라껍질마다 주꾸미와 낙지들이 한 마리씩 들어 있었고, 마을사람들은 매일매일 이들을 잡아 모아 시장에 내다 팔아 수익금을 공평하게 나누어 생활필수품을 구입하는 등 생활비로 사용하였다.

그리고 고기잡이배 두 척을 가진 박선장은 어부들과 함께 먼 바다로 나아가 고기를 잡고, 잡힌 고기는 모두가 일가친척인 마을사람들에게 조금씩 나누어주고 나머지는 벌교역전 앞에 있는 시장에 내다 팔았다.

해마다 오월 단오 날이 되면, 온 마을사람들이 목욕재계하고 하얀 새 옷으로 갈아입고 용처럼 길게 늘어선 수많은 만장깃발을 뒤따라 풍악을 울리며 뒷산 등성이에 있는 용왕신당에 모여서, 떡과 과일을 산더미처럼 쌓아놓고 가운데에다 커다란 삶은 돼지를 통으로 올려놓고서 제사장의 지시에 따라 축문을 읽고 차례로 술을 따라놓고 큰절을 올리며 한 해 동안 마을의 평온과 건강을 빌고 많은 고기를 잡을 수 있도록 해달라고 용왕님께 빌고 난후에 북, 꽹과리, 장구, 징 등을 가지고 풍악을 울리며 가가호호 마다 방문하여 그 집안의 무병장수와 행복을 빌어 주고 시오리 길의 들판을 지나 로렐라이 언덕처럼 높이 솟은 언덕위에 있는 하얀 등대를 돌면서 하루 종일 질펀한 굿마당의 축제를 이어갔다. 마지막에는 커다란 황포로 만든 돛을 단 배들이 정박해있는 선착장으로 내려가 배마다 돌면서 풍악을 울리며 액운을 물리치고 많은 고기를 잡게 해 달라고 용왕님께 빌고 또 빌었다.

밤이 되면 풍어제는 절정에 달해 하얀 등대 앞의 언덕의 잔디밭에 달집을 만들어 불을 피우며, 쏟아지는 별들과 함께 새벽녘 동이 틀 때까지 축제를 계속하였다.

박선장의 첫째 딸 정심이가 태어 난지도 어느덧 삼 년이 지나가고 첫딸의 재롱에 웃음이 그칠 줄 모르며 온 집안이 행복에 젖어있던 여름의 끝자락에 박선장은 평소와 다름없이 고기잡이배 두 척에 어부 십여 명을 태우고 바다로 고기잡이에 나섰다.

그날따라 태풍이 휩쓸고 지나간 뒤라서 고기가 잡히지 않자, 어부들이 이구동성으로 "좀 더 멀리나아가 고기를 잡자"고 고집을 부렸고, 박선장은 "또 다른 태풍이 불어올 것 같으니 빨리 돌아가야 한다"고 어부들을 말렸으나 끝내 어부들의 고집을 꺾지 못하고 좀 더 바다로 나아가다가 커다란 태풍에 밀려서 산더미처럼 높은 파도 속에 빠져들어 박선장이 탄 배가 산산조각이 나고 다섯 명의 어부들과 함께 바다에 빠져버렸다.

다행이 난파를 면한 다른 한척의 선원들이 밧줄을 몸에 매고 바다에 뛰어들어 하루 종일 사투를 벌인 끝에 박선장의 주검을 찾아서 배에 싣고 겨우 난파를 면한 채 포구를 향해 출발하였다.

하루가 지나도 배가 돌아오지 않자, 마을 사람들은 배가 조난을 당하지 않았는지? 걱정을 하며 등대 앞에 모여들어서 바다를 쳐다보며 무사귀환을 빌었고, 어두운 밤이 찾아오자 횃불을 높이 들고 배가 돌아올 바다에서 눈을 떼지 못하였다.

또 하루가 지나고 먼동이 터올 무렵에 멀리서 가물가물하게 하얀 점하나가 나타났고, 마을 사람들은 행여나 배가 아닐까? 하는 기대감으로 눈을 떼지 못하고 있는데 하얀 점이 점점 더 커지더니 돛대 위에 매달린 깃발이 보이기 시작하자, 마을사람들은 이틀 동안 잠도 못자고 헤매던 피로도 잊어버리고 좋아서 함성을 지르며 서로 부둥켜안고 덩실덩실 춤을 추기 시작하며 무사 귀환을 빌었다.

그러나 어느 한사람이 배가 한척밖에 보이지 않는다고 하자 일순간에 축제의 분위기는 침묵으로 바뀌어 적막만 감도는 가운데 바다만 뚫어지게 바라보며, 박선장과 같이 배를 타고 바다로 나아갔던 자신의 아들과 남편이 살아오기 만을 학수고대하였다.

거친 파도를 헤치고 배가 포구에 도착하자 기다리던 마을 주민들이 배 앞으로 달려가서 남편과 아들들의 이름을 불러대자, 배의 키를 잡고 있었던 고참 선원이 앞으로 나와 배가 한척밖에 돌아오지 못한 이유와 주검으로 돌아온 선원들의 이름을 불러주었다.

순식간에 마을사람들이 주저앉아 땅을 치며 탄식과 눈물을 쏟아내고 있는 동안에 박선장을 비롯한 선원들의 주검이 하나하나 땅에 내려져 각자의 집으로 향했고 마을은 온통 울음바다로 변해 버렸다.

비보를 전해 듣고 박선장의 집에 모여 있는 박중양 선장의 8남매들은 할 말을 잊고 마루에 앉아 있었고, 부인인 송화자는 거의 넋이 빠져서 울면서 남편의 이름을 부르며 집안의 여기저기를 헤매고 다녔다. 박선장의 주검이 집에 도착하자 남매들은 상을 치르기 위해 떡과 과일 등 음식을 준비하고 삼베로 만든 상복으로 갈아입고, 머슴들을 시켜 제각을 만들었다.

마을의 상을 치르는 담당인 할아버지가 박중양의 주검에

목욕재계 시키고, 깨끗한 삼베옷으로 갈아입히자 8남매 형제들과 친척들이 모여들어 차례대로 작별인사를 드렸다.

마지막으로 부인인 송화자가 세 살배기 딸과 함께 집안이 떠나가게 울면서 인사를 드리고 실신해버리자, 주검을 관에 넣고 나무로 만든 못을 박아 단단하게 봉인을 하여 제각으로 옮겼다.

5일 동안 상을 치렀는데 박중양이 수많은 사람들에게 많이 베풀고 도와주며 인심이 후했는지라 조문객들이 꼬리에 꼬리를 물고 이어졌고 상여가 나갈 때에도 길게 늘어선 만장을 앞세우고 일가친척들을 비롯한 수많은 사람들이 눈물을 흘리며 묘지터로 따라갔다.

박중양이 바다를 좋아하며 한평생을 보냈기에 바다가 잘 보이는 로렐라이언덕 위에 있는 밭 자락에다 묘지를 썼고, 송화자는 묘지를 붙들고 밤새워 울면서 실신해버려서 동네 아낙들이 업어서 집으로 데려갔다.

남편을 잃은지 사흘이 지나서 깨어난 송화자는 또다시 남편의 묘로 달려갔고, 매일매일 눈만 뜨면 아기를 등에 업고 묘지로 가서 살다시피 하였다. 이렇게 삼년이란 세월이 흘러가자, 이를 두고 볼 수 없었던 박중양의 남매들이 회의를 하여 송화자를 재가시키기로 결정하였다.

이곳저곳으로 매파를 놓아 알아보던 중 조성면 매현리 선들 부락 김해김씨 자자일촌에 살고 있는 가난한 노총각 김병만이 "많은 재물을 준다면 결혼을 하고, 혼자 남은 딸아이는 어머니를 따라오게 하여 친딸처럼 잘 보살펴 주겠다"고 하였다.

박중양의 남매들은 약속한대로 모든 재산을 팔아서 주고, 그해 가을 어느 날 산등부락 박중양의 집에서 일가친척들과 평소에 알고 지내던 여러 사람들을 초청하여 성대하게 결혼식을 올려주었다.

매현리 선들 부락에 커다란 집을 새로 짓고 논 50마지기를 구입한 김병만의 집으로 따라가 송화자는 여섯 살이 된 딸아이 박 정심과 함께 살게 되었다.

송화자가 시집을 와서 처음 바라본 선들부락은 마을 뒤편에 높은 산이 병풍처럼 둘러서 있었고, 산 밑에는 목화밭이 넓게 펼쳐져있어 수확을 앞두고 목화나무마다 하얀 무명들이 터져 나와 눈에 쌓인 하얀 들판의 설경을 연상케 하였다.

마을 앞으로는 이십 리 정도에 달하는 수많은 논들이 평야를 이루고 있었으며, 논에는 노랗게 익어가는 벼들이 바람결에 따라 춤추며 바다의 파도가 연출하는 푸른 물결처럼 황금물결을 만들고 있었다.

논 가운데에는 커다랗고 깊은 저수지에 푸른 물이 넘실거렸고 저수지에는 붕어, 잉어, 메기, 피라미 등 수 많은 물고

기들이 살고 있어서 많은 낚시꾼들이 옹기종기 모여앉아 밤이 늦어 갈 때까지 낚시에 여념이 없었다.

시오리 밖에는 조성 기차역이 아득히 보이고 하루에 시니 번씩 광주로 가는 상행선 기차와 순천으로 가는 하행선 기차가 시꺼먼 연기를 내품으며 오가고 있었다.

기차역 옆에는 5일마다 조성장이 서서 전국 각지에서 물건을 팔러온 장사꾼들과 사러 나온 사람들과 한바탕 흥정이 벌어지고 흥정이 끝나면 아낙들은 광주리에 한가득 물건을 이고, 남자들은 지게에 지고 농로길 사이로 걸어서 각자의 마을로 돌아가는 모습이 평화스럽게 보였다.

마을입구에는 효자비와 함께 커다란 팽나무가 마을의 수호신으로 마을 사람들이 무병장수 하며 액운이 침범하지 못하도록 지키고 있었고, 마을 사람들은 팽나무에 커다란 용이 살고 있다고 믿으며 정월 대보름, 오월 단오, 팔월 추석 등 명절날이 돌아오면 하얀 무명옷을 갈아입고 모여들어 팽나무에 수많은 색색의 깃발을 매달고, 색색의 과일들과 떡, 그리고 통으로 삶은 돼지 등 음식을 상위에 올려놓고 용신에게 제사를 지냈다.

마을 촌장인 제주부터 연장자 순으로 술을 따라 올리고 절을 한 후에 북, 꽹과리, 장구, 징, 피리 등 많은 악기로 풍악을 울리며 팽나무 앞에서 굿판을 벌리고, 굿판이 끝나면 풍악대가 마을의 가가호호를 방문하여 무병장수와 행복을 빌어 주었다.

풍악대가 자신의 집을 방문하면 마을 사람들은 음식과 술을 내어주며 고마움에 답례를 하였고, 김병만처럼 많은 논밭을 소유하고 부자로 살고 있는 사람들은 떡과 고기와 술 등 푸짐한 음식과 돈을 내놓아서 마을 사람들의 노고를 치하하고 마을의 애경사에 사용하도록 하여 마을 사람들의 화합과 상부상조 정신을 이어오고 있었다.

바닷가 해변에서 뛰놀다가 농사를 짓는 농촌으로 엄마를 따라온 박정심이 모든 환경이 바뀌고 낯설어 산등부락으로 가자고 졸랐고, 그때마다 어머니는 "이젠 돌아갈 수 없으니 여기서 살아야한다"고 딸을 부둥켜안고 눈물로 보냈으며, 어느 날 산등부락에서 외삼촌이 찾아왔을 때 "꼭 따라가고 싶다"고 하여 하는 수없이 딸려서 보냈다

외삼촌 집에서 박정심이가 없어져 이곳저곳을 찾아보니, 박정심은 어린나이에도 기억을 더듬어 로렐라이 언덕처럼 높이 솟은 언덕위에 있는 하얀 등대 곁에 앉아서 해가 넘어가고 있어도 돌아갈 생각을 하지 않고 아버지 박 중양이 난파 당한 먼 바다를 넋을 놓고 쳐다보고 있었다.

이 광경을 목격한 외숙과 외숙모를 비롯한 마을사람들도 애가 하두 애처러워서 모두가 울음을 터뜨려 등대가 있는 높

은 언덕은 한동안 통곡의 바다로 변해버렸다.

이렇게 어머니 박정심이 아버지가 그리워 어렸을 적부터 시간만 나면 찾아가던 빨간 모자를 쓴 하얀 등대를 아들 용이는 엄마의 등대라 부르며 시간이 날 때마다 찾아가고 있다.

동녀童女 부엌데기

박정심이 선들부락 의붓아버지 김병만 집에서 산지도 어느덧 일 년이 지나고 1935년 새봄이 찾아왔다. 김병만은 부자가 되어 하인 부부를 데리고 살면서 종 부리듯 부렸으며, 머슴도 셋을 두어 암소 세 마리, 돼지, 닭, 염소 등 많은 가축을 키우고 있었다.

어쩌다 하인들이나 머슴들이 잘못을 저지르면 이들을 마루 앞마당에 꿇어 앉혀놓고, 넓은 마당위에 다섯 자 정도 높이의 토방위에 있는 높은 마루에 앉아서 옛날 양반처럼 큰 갓을 쓰고 하얀 도포를 입고 고래고래 호통을 치며 혼을 내키고, 심할 때에는 매질까지 해대는 모습을 보면서 모두가 김병만을 매우 무서워하였다.

박정심은 어린나이에도 이렇게 무서운 의붓아버지의 눈을 피해 도망 다니며, 의붓아버지의 말에 따라 잠은 머슴 셋이서 쓰는 방 한쪽 구석에서 자고, 눈만 뜨면 정재에 나가 불을 때며 그릇을 씻는 부엌데기로 전락해 있었고, 틈틈이 논밭을 뛰어다니며 어머니의 일을 도와드리고 심부름을 도맡아서 하고 있었다.

이러한 딸이 애처러워 어머니는 밤이 되면 누룽지, 고구마, 감자 등 먹을 것을 몰래 가져다주고 두 모녀가 눈물로 밤을 지새우는 날이 많았지만, 의붓아버지는 여전히 쌀쌀맞고 무섭게 박정심이를 대하며 학대가 점점 심해져 갔다.

모내기가 시작되자 논을 많이 가진 김병만은 마을 사람들을 동원해서 십일 동안 모를 심어야 했기에 동녀 박정심도 하루 종일 정재에서 비몽사몽으로 불을 때고 있는데 불속에서 언덕위의 하얀 등대가 나타나서 "친아버지 박중양이 난파당한 먼 바다를 보러가자"고 이끌었고, 박정심은 등대 앞에서 하염없이 울고 있다가 정신을 차려보니 온 얼굴이 눈물로 범벅이 되어 있었다.

　새참을 나르는 아낙네들을 따라서 광주리를 머리에 이고 모를 심고 있는 논에 나가보니, 삼십 명의 장정과 여인들이 일렬로 늘어서서 못줄에 맞추어 일사분란하게 모를 심고 있었다.

　못줄을 잡는 이는 모를 심고 있는 사람들의 피로를 덜어주려고 "올해도 풍년이 온다네, 에헤야노 아하헤헤 등....." 연신 창을 불러주고 있었고, 모심는 사람들 앞쪽에는 소에 매달은 써레기로 앞으로 심어나갈 논바닥을 편편하게 골라주고 다녔으며, 어떤 이는 심고 있는 모가 부족하지 않도록 연이어 지게로 옮겨주고 있었다. 새참이 나오자 모를 심던 사람들은 농로로 나와서 양쪽으로 앉아서 가운데에 밥과 반찬, 막걸리 등 음식을 차려놓고 "올해는 풍년이 들것 같다"는 덕담을 나누며, 오순도순 식사를 한 후 논에 들어가 허리한번 못 펴보고 점심을 먹을 때까지 마치 자기 집 논처럼 열심히 모를 심고 있었다.

　모심기는 해가 질 때까지 계속 되었지만, 배가 고프던 시절이라 농부들은 배불리 음식을 얻어먹고 품삯까지 받아가니 행운이라고 생각하고 피로 한줄 모르고 열심히 심었다.

　박정심은 하루 종일 종종걸음으로 뛰어다니며 심부름을 하고 식사 때가 되면 정재에서 불을 때다보니 녹초가 되어 저녁도 못 먹고 부엌 한쪽에 있는 솔잎 불쏘시게 위에서 잠이 들어 있는데 누군가가 흔들어 깨워서 눈을 떠보니 어머니 송화자 였다.

　어머니가 "밥은 먹고 자니?"하고 물어보니 박정심이 정신을 못 차리고 고개만 절레절레 흔들자, 깨워서 가지고온 누룽지를 치마에서 꺼내어 먹이면서 두 모녀는 서로 부둥켜안고 소리죽여 밤새도록 흐느꼈다.

　그날 이후로 밤마다 어머니는 정재에서 웅크리며 자고 있는 딸을 찾아와 누룽지, 고구마 등 먹을 것을 가져다 먹이고, 어머니는 자기가 재가를 하지 않았어야 하는데 재가를 한 벌을 받아 어린 딸을 고생시킨다고 가슴을 치며 통곡하였다.

　어머니를 만날 때마다 박정심은 "산등부락에 살고 있는 외삼촌 집에 가서 살면서 등대가 있는 언덕에 올라 아버지가 돌아가신 먼 바다를 보면서 살게 해 달라"고 졸랐고, 어머니는 울면서 "그러면 안 된다"고 하며, 딸은 어머니와 함께 살아야 한다고 달래면서 밤을 지새웠다.

　어느 날 오랫동안 기다리던 외삼촌이 찾아오자 박정심은 "외삼촌을 따라 가겠다"고 따라나섰고, 이를 말리지 못한 어머니는 "며칠 동안만 다녀오라"고 하여 오랜만에 외삼촌댁에 갔다.

　박정심은 도착하자마자 등대가 있는 언덕으로 달려가 하루 종일 파도가 일렁이는 먼 바다만 쳐다보고 앉아 있다가 밤이 되어 별들이 빛나고 있을 때, 하얀 등대의 빨간 모자 밑에 살고 있는 각시거미가 나타나 수수께끼 같은 시를 읊어주며 위로해 주었다.

"별들의 수수께끼를 풀다"

별들의 수수께끼가
꼬리를 물고 쏟아져 내린다
별들의 빛깔은
질문지를 가슴에 품고 있다
별들의 후렴은
붉은빛은 열정과 사랑
노란빛은 낙관적인 에너지

파란빛은 호감과 서로의 우정
하얀색은 밝고 선명한 순수함
나는 별들에게 질문을 던진다
오늘밤에 수수께끼를 풀지 못하고
내일로 미룬 것은
아침 해가 밝아오기 때문이고
내일 밤에도 별이 뜨기 때문이다

선들부락 의붓아버지의 집으로 돌아와 보니, 어느새 넓은 마당에는 봄이 짙어져 꽃내음이 진동하며 개나리와 진달래에 이어서 하얀 앵두꽃이 만발하였고, 집 뒤쪽의 넓은 뜰에 심어진 백 척이 넘게 하늘높이 솟은 전봇대처럼 날씬한 유자나무는 수많은 백색 꽃을 피워 하얀 구름과자를 연상시켰으며, 열 척 정도의 키에 옆으로 광주리처럼 평퍼짐하게 퍼져있는 배나무도 질세라 많은 백색 꽃을 매달고 있었고, 살구나무는 오 십 척 정도의 키에 주황색을 잔뜩 칠한 꽃을 피워 벌들을 유혹하고 있었으며, 하얀 항아리처럼 생긴 감나무꽃 등 여러 가지 과일나무 꽃 들이 활짝 꽃을 피워서 꽃 대궐을 연출하고 있었다.

처마 밑에 있는 십 여 통의 꿀벌 통에서 기어 나온 꿀벌들은 화분과 꿀을 모으기 위해 윙윙거리며 바쁘게 날아다니

고 있었고

　어떤 벌통에서는 급격히 늘어난 일벌들 때문에 새로 태어
난 여왕벌에게 살던 집을 내어주고 어미여왕벌이 오래된 벌
들만 데리고 떠나가는 분봉이 일어나자, 떠나가는 여왕벌을
모셔오려고 매미채를 들고 머슴들이 바쁘게 뒤따라가고 있었
으며, 뒷마당에서는 머슴들이 꿀통에서 꿀을 따느라고 모기
장을 머리에 둘러쓰고 분주히 움직이고 있었다.

　박정심은 의붓아버지의 눈을 피해 살며시 부엌으로 들어
가 아궁이에 불을 때고 물을 길어 나르며 부엌데기로 살아가
고 있었는데, 유월 말에 접어들자 대마를 베어서 큰 통에 넣
고 불을 때서 삶아내는 냄새가 온 마을을 진동하였고 박정심
은 삶아진 삼을 한 묶음씩 묶어서 빨래 줄에 매달아 말리고
완전하게 건조가 되면, 마루에다 산처럼 쌓아놓고 십 여 명
의 마을 아낙들을 불러 모아 둥그렇게 둘러 앉아 제일 먼저
삼줄기를 다듬는 칼을 사용해 삼줄기의 맨 바깥 부분의 거친
껍질을 벗겨 내고난 다음에 입과 손으로 실처럼 가늘게 쪼개
서 말린 후, 허벅지에다 올려놓고 하나하나 연결하여 광주리
에 차곡차곡 쌓아놓는 일을 하고난 후에 삼베를 짜기 위한
실꾸리에 차근차근 감아서 보관하였다.

　그리고 틈틈이 삼베를 만드는 베틀에 올라앉아 베를 짜는
등 모든 일의 심부름을 도맡아하며 눈코 뜰 새 없이 바쁘게

일을 하였다.

　이렇게 생산된 삼베는 역전 옆에 있는 조성면 면민들 모두가 모이는 5일장이 설 때 달구지에 싣고 장터로 가서 전국 각지에서 몰려온 삼베 장사들에게 비싼 값으로 팔려나갔다.
　특히 조성면에서 생산되는 삼베는 품질이 좋기로 유명 하여 "보성삼베" 라는 명칭을 달고 여름옷이나 이불, 수의 등을 만드는데 사용되어 상인들은 서로 살려고 아우성이었고 혹시 가뭄 등으로 삼베의 생산이 감소되면 전국에서 몰려온 상인들이 직접 각 마을의 가가호호를 방문하며, 비싼 값에도 서로 살려고 경쟁을 하여 금처럼 가격이 폭등하고 전국에 명성이 높았었다.

　기다리던 추석이 다가오자 박정심은 어머니를 졸라서 산등마을 외삼촌 집으로 가려고 쌀 다섯 되를 머리에 이고 출발하여 조성역에서 기차를 타고 벌교역에서 내렸다.
　마중 나와 있는 외숙모를 따라서 벌교역전 옆 철도 밑에 있는 포구로 가서 돛단배를 타고 바닷물 길을 따라 바닷물결이 일렁거리는 시오리 길을 내려와 로렐라이 언덕이라고 별명 지어진 100자가 넘는 석벽을 지나서 산등부락 웃나루 포구에 도착하여, 혼자서 등대를 향해 걸음을 재촉하였다.

추석날이 밝아오자 산등마을사람들이 동네 운동장에 모여들어 가까이 사는 이웃들과 한편을 만들어 줄다리기 대회에 참석하고, 징과 꽹과리를 치며 응원을 하는 가운데 일렬로 늘어서서 시합을 벌였다.

　한쪽에서는 바통을 이어받고 달리는 1000미터 계주가 벌어지고, 다른 한쪽에서는 기마전이 벌어져 최종 승자로 뽑히면, 우승을 한 단체 와 우승자에게는 커다란 솥단지, 양은 냄비 등을 푸짐한 상으로 주며 온 마을 사람들이 축하해주는 가운데 친목과 우애를 다져나가고 있었다,

　박정심의 외숙모는 하루 종일 조카를 데리고 다니며 구경도 시켜주고 맛있는 과자도 사주고 만나는 사람들에게 "박 선장의 딸이 왔다"고 소개해 주었다.

　며칠 후 박정심은 의붓아버지 김병만의 집으로 돌아와서 부엌데기로 살아가고 있었는데, 어느덧 의붓아버지의 친자식인 아들이 태어나서 세 살이 넘어가고 그 밑으로 딸아이가 태어났었다.

　날이 갈수록 의붓아버지는 친자식들만 예뻐하여 박정심이 보는 앞에서 거리낌 없이 꿀과 과일 등 맛이 있고 영양가가 높은 음식을 주면서 좋은 천으로 양반 도령의 한복을 지어 입히고 마음껏 뛰어놀게 하며, 서당에 보내서 글을 배우게 하였다.

그러나 박정심은 의붓아버지가 매우 무서워서 피해 다니며, 학교에 갈 생각은 엄두도 내지 못하고 눈물로 세월을 보내고 있었다.

　무심한 나날은 흘러서 어느덧 가을이 되고 마을 뒤쪽에 있는 목화밭에서는 잘 익은 목화들이 하나둘씩 망울을 터뜨리며 하얀 구름과자를 토해내고 온 마을을 하얀 솜이불로 덮어가고 있었다.
　아낙들과 박정심은 대바구니를 들고 목화 솜 송이를 따가지고 머리에 이고 집으로 돌아와서 밤이 되면 물레질을 하여 목화송이에서 씨를 빼내고, 가느다란 실을 만들어 실꾸리에 감아서 저장을 해놓고 베틀에 앉아 무명베를 짜가지고 옷을 지어입거나 장에 내다 팔았다.
　박정심은 의붓아버지의 눈을 피하고, 여러 아줌마들의 떠드는 이야기가 재미가 있어서 매일 밤마다 무명으로 실을 만드는 것을 도와주며 무명베를 만드는 방법과 살아가는 방법 등을 배워 나갔다.

　며칠이 지나자 집앞의 드넓은 논의 벼들이 누렇게 익어서 황금벌판을 이루고 바람결에 따라 출렁거리기 시작하자 본격적인 추수가 시작되었다.
　동이 트자마자 십 여 명의 농부들이 김병만의 논에 모여서 작업지시자의 말에 따라 일렬로 늘어서서 벼를 베어나가기 시작했고, 베어진 벼는 잘 마를 수 있도록 차례로 펴놓고, 수구렁 쪽은 벼이삭 쪽을 묶어서 달집처럼 세워가지고 잘 마르게 두었다.

한참을 베어나가다가 새참 때가 되면 모두들 넓은 농로에 모여서 막걸리 한잔을 곁들인 간단한 요기를 하고, 허리를 한번 펴주고 다시 논으로 들어가 마치 트랙터가 베고 가는 것처럼 일사분란하게 낙오되는 사람 없이 한줄 씩 베어나갔다.

나이 어린 박정심이는 부엌에서 불을 떼고 반찬 만드는 것을 도와주고 새참을 나른다, 점심을 나른다는 등 눈코 뜰 새 없이 바쁜 나날들이 지나가고 며칠 후 베어놓은 벼들이 잘 마르자 십 여 명의 장정들이 두자 크기의 두께로 볏단을 묶어서 지게에 지고 일렬로 늘어서서 김병만의 집으로 나르기 시작하였다.

날라진 볏단은 사방 백자 정도의 둥그런 원형으로 터를 만들어 아래서부터 오십자 정도의 높이까지 차곡차곡 쌓아서 맨 위에는 지붕을 만들어 비가 오더라도 안으로 스며들지 못하게 하였다.

이렇게 오십 마지기의 논에 있던 벼들이 차례차례로 날라져 마당에 쌓아지면, 맑은 날을 정해서 마당에 홀태를 십여

대 장착해 놓고서 한 두 사람이 볏단을 쌓아놓은 노적위에 올라가 위쪽부터 차례로 볏단을 뜯어서 아래로 던져주면 또 한사람이 아래서 이를 받아가지고 홀태 옆으로 차곡차곡 쌓아주고, 장정 십 여 명은 계속해서 홀태를 사용해서 벼의 알곡을 털어내었다.

털어진 알곡들이 산처럼 쌓이면 몇몇 사람들은 알곡을 가마니에 담아서 보관 창고로 날랐다. 예전부터 일은 분업에 의해서 각자 맡은 역할에 따라 신속하게 진행 되었고 김병만은 맡은 일이 힘들면 품삯을 남보다 더 넉넉하게 쳐주어 농부들이 일을 많이 하도록 하였다.

이렇게 추수가 끝나면 머슴들이 집에 있는 디딜방아에 올라 방아를 찧어 현미 햅쌀을 만들어 달구지에 싣고 장에 가서 장사꾼들에게 팔아가지고 현금을 챙겨 와서 집안의 금고에 쌓아두고, 돈이 모이면 논도 사고 밭도 사고하여 김병만은 계속 재산을 불려 나가고 있었다.

김병만은 많은 재산을 갖다 준 박정심에게는 서당이나 학교도 보내주지 않고 모든 일을 시키고 꾸중만하는 의붓아버지였지만, 자기의 친자식들은 서당도 보내고 호위호식 시키며 맛있는 과자와 과일을 사주면서 아무 일도 시키지 않았었다.

세월이 흘러 의붓아버지의 아들이 여덟 살이 되자 조성면 소재지에 있는 조성 국민학교에 입학 시키고, 좋은 옷을 입혀 이 십리 길을 달구지에 태워 보냈다. 국민 학교에 가고 싶어 했던 박정심은 부러워서 의붓아버지 몰래 동구 밖 팽나무 밑으로 달려가 달구지가 보이지 않을 때까지 하염없이 바라보고 서있었다.

학교를 마치고온 아들에게 공부를 잘하고 왔는가를 시험하기위해 김병만이 아들에게 큰소리로 책을 읽게 하고 틀린 부분은 하나하나 지적해 주면서 맞게 쓰는 방법을 일러주고 할 때에, 부엌에서 불을 때고 있던 박정심은 귀를 쫑긋하고 예전에 들은 기억을 더듬어 의붓아버지가 호통 치며 가르치는 글씨 쓰는 방법대로 부엌바닥에 부지깽이로 열심히 글을 써보며 아무도 모르게 한글을 모두 익혔다.

그리고 덧셈, 뺄셈법과 구구단까지 모두 익히고 물건을 사고 파는 일을 척척해내서 동네사람들이 깜짝 놀라며, 외지에 나가 있는 아들과 딸들에게 편지를 쓸 일이 생겼을 때에는 한밤중에 박정심을 불러서 부탁을 하였고, 박정심은 신이 나서 날이 밝은 줄도 모르고 편지를 써주고 다녀서 마을 사람들은 박정심이를 천재라고 불렀고, 어떤 사람은 김병만에게 박정심이 머리가 좋으니 학교에 보내주면 크게 될 것이라고 학교에 보낼 것을 부탁하였다.

그 말을 전해들은 의붓아버지는 박정심을 불러 매를 때리면서 "여자아이는 글을 배우면 안 된다"고 하며 "다음부터는 글을 처다보거나 편지를 대필해주면 집에서 쫓아내겠다"고 큰소리로 꾸짖었다.

이렇게 답답하고 바쁜 나날들이 흘러가서 추수가 모두 끝나고 논밭이 옷을 벗은 나신처럼 바닥을 드러내고 있을 때, 박정심이는 "조금 한가해진 틈을 타서 산등부락 외삼촌 집에 혼자서 다녀오게 해달라"고 어머니를 조르자 어머니 송화자는 "갯벌 뚝방길이 멀고 험하니 혼자서 보낼 수 없다"고 며칠 후에 같이 가자고 하였다. 박정심이는 뛸 듯이 기뻐하며 외삼촌 집에 가는 날을 손꼽아 기다렸다.

쌀 다섯 되를 머리에 이고 의붓아버지의 집을 나서는 박정심은 모처럼 밝은 얼굴이었고 농로를 따라 조성역으로 가면서 농로 옆에 있는 세자 넓이의 도랑에서 "외삼촌 집에 가져다주겠다"고 하며 가을이 되어 커다랗게 자란 우렁이들을 보이는 대로 잡아 올렸다.

지난번에 외삼촌 집에 갈 때 길게 이어져있는 도랑에서 두되 정도의 우렁이를 잡아가지고 외숙모에게 갖다드렸더니 우렁이를 넣어서 된장찌개를 끓여서 온가족이 먹으면서 "매우 구수하고 맛이 있다"고 좋아하며 칭찬을 하셨고, 찌개를 먹고 난 후에는 젓가락으로 살을 빼내어 먹으면서 "맛이 좋다"고 칭찬을 하시던 모습이 떠올라서 기쁜 마음으로 물속을 헤집고 다녔다.

조성역에 도착하여 벌교 행 기차를 탔는데 기차가 하루에 3번만 다녔기 때문에 가차 안은 짐을 한 보따리씩 들고 있는 아낙네들, 닭을 몇 마리 씩 들고 가는 닭장사들, 갈치를 몇 상자 가지고 가는 생선장사들, 많은 사람들을 헤치고 다니며 엿 사려를 외쳐대는 엿장수들로 발 디딜 틈이 없었다.

기차도 많은 사람을 실어서 힘이 드는지 연신 하얀 연기를 뿜어내어 도넛츠 빵을 만들어 내면서 꽥꽥 소리를 질러대었다.

벌교역에 내려서 오랜만에 시오리 갯벌 뚝방길을 어머니 손을 잡고 걸어가면서 박정심은 기쁨에 들떠 달리다시피 뛰어갔고, 발자국 소리에 갯벌에 뛰어놀던 수많은 게들도 놀라서 굴속으로 도망을 가고, 갯벌 위를 팔딱팔딱 뛰어가던 망둥이들도 놀라서 달아나기 바쁜 모습이 어찌나 우습던지 이리 뛰고 저리 뛰며 이들을 놀려대면서 한 시간을 걸어서 외삼촌 집에 도착하니 외숙모가 맨발로 뛰어나와 반갑게 맞았고 연이어 일가 어른들이 찾아와 반갑게 인사하며 "오느라고 고생했다"고 위로의 말을 건네주었다.

박정심이는 어머니의 손을 이끌고 하얀 등대로 가서 아버지가 돌아가신 먼 바다를 보며, 두 모녀가 통곡을 하였으나 먼 바다의 푸른 물결은 여전히 말이 없이 수평선만 그리고 있었다.

　등대 밑의 자갈밭에서 살고 있는 채송화가 두 모녀의 슬픈 마음을 위로해주고 싶어서 노란색, 빨강색, 하얀색으로 화장을 하고 고개를 내밀어 살며시 다가오자, 하얀 등대의 빨간 모자 밑에 살고 있던 각시거미가 기어 나와 시를 지어 읊기 시작하였다.

　　"페르시아의 보석, 채송화"

　　팔월의 태양아래
　　땅바닥을 기어 다니며
　　잠깐 피었다가
　　사라져 버리는 슬픈 꽃

　　뜨거운 바람결에
　　힘없이 너플거리는 너
　　비에 젖은 나비처럼
　　가련해 보인다

조약돌 무덤 사이에서
제 그림자를 바라보며
향수에 젖어 잃었던
옛 기억을 떠 올린다

짧은 모가지를 들어
먼 허공을 쳐다보는
너는 에메랄드,
어여쁜 채송화로구나

꼬부랑 동백나무

눈물 속의 세월이 덧없이 흘러 박정심이 십육 세가 되자, 의붓아버지 김병만은 눈에 가시처럼 여기는 박정심을 시집보내 버리려고 각지에 매파를 보내서 알아보았었고, 여러 마을에서 총각들이 머리가 좋고 일도 잘하는 박정심을 색시로 맞이하겠다고 앞 다투어 매파를 보내왔다.

그러나 김병만은 가깝고 잘사는 집의 총각들은 모두 퇴짜를 놓고 가장 멀리서 집 한 칸도 없이 가난하게 살고 있는 스물두 살 먹은 까까머리총각 이재석에게 시집을 보내기로 결정하였다.

몇 차례 중매쟁이가 오가자 어머니 송화자는 가난한 집으로 멀리 떠나가 만나지도 못하면서 고생만 많이 할 딸을 생각하며, 김병만에게 "옆 동네 복사골에 사는 박 총각이 집도 잘 살고 사람 됨됨이도 좋다고 하니, 그곳으로 시집을 보내자"고 여러 번 눈물로 호소하였다.

그러나 김병만은 박정심이 가까운데 살면은 자주 친정에 찾아와서 쌀 등 재물을 얻어갈 염려가 크고 도움도 주어야할까봐 "안 된다"고 하자, 처음으로 송화자가 김병만에게 "이혼을 하고 재산을 돌려달라"고 요구를 하였지만, 김병만은 대노하며 "돈은 한 푼도 줄 수 없으니, 딸을 데리고 나가라"고 하였다.

송화자는 어찌 할 방법이 없어서 정재에서 일을 하고 있는 박정심에게 달려가 딸을 껴안고 "가까운 곳으로 시집을 보내려고 했는데, 의붓아버지의 반대로 머나먼 동막부락으로 시집을 보내게 되었다, 미안하다"고 딸을 붙들고 엉엉 울었고, 딸도 따라 울었다.

결혼은 일사천리로 진행되어 며칠 후에 이재석이 지게를 지고 나타나서, 결혼식도 하지 않은 채 냉수 한 그릇 떠놓고 신랑신부 맞절을 한 후에 김병만이 내어준 무명 이불 한 채, 밥그릇과 숟가락 두벌, 솥단지 하나를 지게에 얹어서 어깨에 지고서 신부의 집을 나섰다.

그동안 편지 대필도 해주고, 장터에서 물건을 사고 팔때에도 도와주며 많은 심부름을 해 주던 "박정심이가 멀리 시집을 가려고 동네를 떠난다"는 말을 듣고서, 동네 사람들은 마을 입구의 팽나무 밑에 까지 따라와 눈물 젖은 하얀 손수건을 흔들며 "잘 살아야 된다"고 축원의 말을 건네며 박정심이 보이지 않을 때까지 바라보고 있었다. 박정심이도 울면서 자꾸만 뒤를 돌아보며 어머니 송화자를 찾았으나 끝내 보이지 않았다.

마을을 나서서 오십 리 길을 걸어가면서 신부인 박정심은 눈물에 젖어 발걸음을 떼지 못하고 있는데, 신랑인 까까머리 총각은 무엇이 그렇게 좋은지 연신 웃음을 웃으며 신이 나서 빨리 가자고 발걸음을 재촉하였다.

마을 앞의 넓은 평야지대에 떼 지어 날고 있는 하얀 황새들도 박정심의 슬픈 마음을 아는지 끼룩끼룩 울면서 떠날 줄 모른 체 머리 위를 맴돌고, 새끼를 데리고 풀을 듣던 황소들도 송화자를 대신해서 음메 음메 하고 울면서 새끼를 부르고 있었다.

　조성면을 지나서 예당면에 이르자, 선들부락 앞의 논들보다 몇 배 넓은 평야지대가 계속되고 그 가운데에는 푸른색을 띤 넓고 깊은 예당저수지가 나왔고, 조금 더 가니 예당만 바다가 펼쳐지고 바닷물이 빠진 갯벌은 하얀 나신을 드러내며 많은 골짜기를 만들어내고, 골짜기에는 소라게, 참게, 방게, 털게, 흰발농게, 왕밤송이게, 애기참게 등 많은 게들이 놀고 있다가 발자국 소리가 들리면 순식간에 굴속으로 숨어 버렸다.

　한참을 가니 득량역전 앞이 나왔고 역전 뒤로는 박정심이 처음보는 다섯 개의 산봉우리가 형제처럼 나란히 솟아있는 오봉산이 아름다운 자태를 뽐내고 있었으며, 그 뒤로는 멀리서 높은 산봉우리 위에 칼처럼 날카롭게 생겨가지고 높이 솟은 칼바위가 위용을 자랑하고 있었다.

　칼바위를 지나서 한참을 가니 다시 논들이 나오고 논길을 따라 한참을 가니 봉화산 밑에 있는 언덕위에 조그만 마을이 나오고, 그 마을의 맨 꼭대기에는 삼백 년이 된 꼬부랑 동백나무가 마을을 내려다보며 지키고 있었다.

까까머리 이재석은 가난한집의 팔 남매 중 막내아들로 태어나 학교도 초등학교만 졸업하고 벌어놓은 돈도 없이 집안일을 도우며 이곳저곳을 떠돌고 있는 놈팡이에 가까운 편이었다.

  그런데도 선들부락에 살고 있는 먼 친척 아주머니가 부자로 살고 있는 김병만이 여기저기서 사윗감을 고르고 있다는 소식을 듣고서, 사윗감으로 추천해달라고 하여 추천을 하게 되었는데 운 좋게 낙점이 되었다.

  장가를 간다고 지게를 지고 동막부락을 출발하여 일곱 시간 정도를 걸어서 선들부락에 있는 박정심의 집으로 가서 김병만에게 큰절을 올리고 머슴들 방에서 하룻밤을 지낸 다음 날 아침에 신부가 될 박정심을 꽃가마도 태우지 않은채 아무 준비도 없이 걸어서 선들부락을 출발하여 동막부락으로 데리고 갔었다.

  동막부락에 도착하였으나 이재석은 신부와 같이 살아갈 집이 없어서 꼬부랑 동백나무 옆에 있는 죽마고우 정만삼에게 부탁하여 문간방을 빌려서 신방을 차리고 살게 되었다.

  문간방은 말이 방이지 방바닥은 흙이 그대로 나와 있어서 그 위에 장판도 깔지 못하고 말린 벼의 줄기를 깔고 지냈으며, 문을 바를 문종이도 없어서 비료포대 같은 종이로 간신히 바람만 막고 살았다.

이렇게 신혼살림을 차린 지 삼사 개월이 지나자 이재석의 방랑벽이 재발되어서 그런지 "객지에 나가 돈을 벌어오겠다"고 신부에게 말하고 떠나버렸다.

또 다시 박정심은 먹을 것도, 입을 것도 없는 누추한 방에 홀로 남겨져 박복한 신세를 한탄하며, 아버지를 부르며 밤새도록 흐느끼며 지새웠다.

그러나 오 갈 데가 없어서 그 마을에서 가장 부자인 이재만의 집을 찾아가 "일을 해주겠다"고 하였고, 모내기철을 맞이하여 일손이 부족한 이재만은 쾌히 승낙하여 모심는 일부터 거들어주면서 품삯을 받아다가 차곡차곡 모아두며 살아가고 있었고,

다행히 모심기 등 농번기가 시작되어 마을 사람들은 일을 잘하기로 소문이난 박정심에게 일을 해줄 것을 부탁하여, 처음에는 여러 날 동안 모를 심어주고 모심기가 끝나자 이집 저집을 다니면서 보리를 베고 수확하는 일들을 거들어 주었다.

특히 이재만은 "같은 이 씨이면서 손끝도 야무지다"고 많은 칭찬을 하면서 빨래감과 바느질감을 챙겨주어 박재심은 낮에는 들일을 하고 밤에는 밤새워 바느질을 해주면서 눈코 뜰 새 없이 바쁜 나날을 보냈다.

시집을 온지 삼 개 월이 지난 어느 날 그토록 보고 싶어 했던 어머니 송화자가 머리에 쌀 다섯 되를 이고서 찾아왔다.

매일 계속되는 들일로 새까맣게 타버린 얼굴에 밤잠을 못 자고 바느질을 하느라고 수척해진 딸을 보고, 어머니는 땅을 치며 통곡하면서 자신이 이혼을 하더라도 이곳으로 시집을 보내는 게 아닌데 또다시 자신이 생각을 잘못해서 너를 고생의 도가니로 내몰고 말았다고 흐느꼈다.

딸 박정심도 오랜만에 어머니를 만난 반가움에 모녀가 부둥켜안고 울면서 밤을 지새우고 다음날 어머니가 "이곳 생활을 끝내고, 둘이서 어디론가 가서 잘 살아보자"고 박정심에게 말하였다.

그러나 박정심은 어머니를 따라가면, 어머니마저 김병만에게 아무것도 가진 것이 없이 쫓겨나 많은 고생을 하게 될 것 같아서 어머니에게 "비록 신랑 이재석이 가진 것은 없지만, 자신에게 잘 대해주고 있으니 걱정 말고 돌아가시라고" 간곡히 말씀드렸다.

하는 수 없이 송화자는 딸을 눈물로 껴안고 오랫동안 서 있다가 선들부락으로 떠나가고, 박정심은 꼬부랑 동백나무 아래서 눈물을 흘리면서 어머니가 보이지 않을 때까지 뚫어지게 쳐다보면서 손을 흔들며 망부석이 된 것처럼 서있었다.

어머니도 어린 딸이 혼자서 고생하며 간신이 끼니만 때우고 있는 모습이 너무나 애처러워 눈물을 흘리면서 차마 발걸음을 떼지 못하고 천천히 걸어가고 있었고, 어머니의 모습이 사라지자 친아버지의 생각이 엄습 해 와서 몇 시간을 울면서 서있었다.

이렇게 어릴 적부터 많은 슬픔을 겪어오면서 거의 매일 밤을 눈물로 보낸 박정심은, 젊은 시절에 남편을 여의고 서럽게 살아오면서 슬픔이 몸에 배어 우울증 환자가 되어버린 어머니 송화자의 유전자를 물려받았고, 아버지를 일찍 여의고 슬픔 속에서 자랐으며, 의붓아버지의 심한 차별과 학대 속에서 자라면서 울고 살아왔기에 극심한 우울증 환자가 되어 있었으나 치료도 받지 못하고 서방마저 이기심이 많아서 살펴주지 못하고 객지로 떠도니 우울증은 점점 더 심해지고, 아무도 모르게 밤마다 소리죽여 혼자서 우는 날이 많아져 가게되었다.

아마도 많은 자식들이 태어났고, 자식들을 끔찍이 아꼈기에 우울증을 표출하지 못하고 한평생을 살아갈 수 있었던 것 같다.

이렇게 딸아이가 남편도 없이 남의 집 일을 해주고서 힘들게 겨우겨우 살아가는 것을 보고 간 송화자는 한 달에 한 번 정도 장날을 택해서 김병만에게 장에 간다고 하고, 간단

한 먹을거리를 구해서 딸에게 찾아왔다.

김병만이 딸아이를 싫어하고, 만났다고 하면 불같이 화를 내는 성미를 잘 아는지라 송화자는 먹을 것만 전해주고 달리다시피 빠른 걸음으로 선들부락에 있는 집으로 돌아갔다.

딸을 보고 싶어도 보지도 못하고 애만 태우던 송화자는 가슴앓이 속병이 점점 심해져 갔으나 아무에게도 말도 못하고 살아가다가 나중에 김병만이 일찍 세상을 떠나자 그 때부터 담배를 피우기 시작하였다.

객지에 나가서 돈을 벌어 오겠다고 집을 떠난 이재석이 삼 개월 정도에 한 번씩 집에 돌아와서 며칠씩 머물다 떠났고, 항상 남기는 말은 "조금만 더 지나면 돈을 많이 벌어 올 테니 그때까지 참고 기다려라" 고 하였으나 시집온 지 삼년이 지나갔지만 단 한 번도 돈을 벌어온 적이 없어, 박정심은 매일 매일 일을 나가야 했다.

보리 수확이 끝나면 그 자리에는, 헐벗고 굶주리던 시절이기에 많은 수확을 거두어 가지고 여럿이서 배불리 먹을 수 있는 고구마를 심었다.

먼저 튼실하고 병이 없는 고구마를 골라서 양지바른 곳에 심어두면 싹이 올라오고 길게 자라면, 고구마 줄기를 세치 정도로 잘라서 미리 만들어놓은 밭고랑의 높은 곳에 한자 간격으로 심어주었다.

고구마는 병충해가 없고 생명력이 왕성해서 비료를 주지 않고, 돌봐주지 않아도 혼자서 잘 자라며 수확량도 다른 작물에 비해서 열배 정도 났었고, 가을이 지나가고 채소가 귀해지는 계절에는 고구마 잎에 달린 줄기를 따다가 나물도 무쳐먹고, 김치도 담아먹는 유용한 작물이었으며, 겨울과 삼사월의 보릿고개 때에는 밥 대신 고구마를 쪄 먹고 살았다.

이렇게 세월이 흘러 2년이 지나자 박정심은 임신을 하게 되었고, 임신을 하자 애를 낳아서 같이 먹고 살 수 있는 식량을 마련해 두려고 거의 밤잠도 자지 않고 필사적으로 일을 하였다.

5개월이 지나가자 차츰차츰 배가 불러오기 시작하였으나, 배가 불러오면 일을 시켜주지 않을까 염려되어 무명천으로 배를 감아서 눈에 띄지 않게 하며 더욱 열심히 일을 하였다.

가을이 되어 들판의 벼들이 베어지고 일감이 떨어져갈 무렵에, 마침 애를 낳을 때가 되어 혼자서 애를 낳을 준비를 해 나갔지만, 같은 동막마을에 살고 있는 이재석의 형들 세 분과 누나들은 모두가 바쁘다는 핑계를 대며 찾아와 보지도 않았다.

예전부터 이재석의 맏형은 이재석이 살고 있는 집과 이백미터쯤 떨어진 마을입구에 살면서 부친으로부터 논 십여 마지기와 밭 다섯 마지기를 유산으로 물려받아 가족들이 살아가는 데는 별로 지장이 없었다.

그러나 동생들이 가까이 살지만, 가난하게 살고 있어서 별로 왕래가 없었고 새해나 추석에 차례를 지내거나 조상들의 제사를 지낼 때만 동생들을 불러 모아 자리를 같이 하였다.

나머지 형제들은 삼사백 미터쯤 떨어져 살고 있었으나 모두들 가난하게 살고 있어서 별로 왕래도 없이 반가워하지도 않은 채 무심하게 남처럼 살아가고 있었다.

박정심은 산통이 시작되자 하는 수없이 이웃에 살고 있는 이재석의 누님에게 산후 수발을 부탁하였고, 누님이 와서 아궁이에 불을 지펴 물을 데우고 한참을 기다려 애가 태어나자 애를 목욕시키고 무명 수건으로 감싸서 애를 엄마 곁에 눞혔다.

애가 태어나자 집 앞에 숯덩이를 매달은 금줄을 쳤으나, 누구 한사람 미역을 들고 찾아오지 않아서 박정심은 냉수에 밥을 말아먹으면서 애기에게 젖을 물리니 애기는 젖이 안 나온다고 울어대기 일쑤였고, 애가 울면 박정심이도 따라 울었다.

이렇게 이레가 지나갔으나 이재석은 나타나지 않았고, 어디서 소식을 들었는지 어머니 송화자가 쌀 세 되와 미역 한 속과 닭 한 마리를 머리에 이고 나타났으나, 이재석의 형제들은 끝내 나타나지 않았다.

어머니 송화자는 딸이 아무도 찾아오는 이 없이 혼자서 냉수에 밥을 말아먹고 있는 광경을 보고 대노하여 이재석의 형제들 집을 찾아다니면서 "어쩌면 이렇게 까지 야박하게 할 수 있느냐"고 항의를 하였으나, 아무도 들은 척도 하지 않았다.

어머니 송화자는 삼일을 머물며 미역국을 끓여주고 애를 보아주다가 울면서 선들부락으로 돌아갔고, 박정심은 꼬부랑 동백나무 아래서 어머니의 뒷모습을 바라보며 하염없이 눈물을 흘렸다.

이렇게 한 달이 지나자 박정심은 어린아이를 업고서 산등부락에 있는 외삼촌집으로 향했다. 주위에서 아는 분들이 "애를 업고 먼길을 걸어가면 안 된다"고 이구동성으로 말렸으나, 아버지가 너무나 보고 싶었던 박정심은 기어이 길을 떠났다.

꼬부랑 동백나무 옆에 있는 집을 떠나 이십리 길을 걸어가서 득량 기차역에 도착하여 기차를 타고 벌교역에 도착해서 역전 밑에 있는 포구로 가보니 다행스럽게도 배를 탈수가 있어서 무작정 배위에 올랐다.

배가 산등부락 포구에 도착하자 시 오 리 길을 걸어서 외삼촌 집에 도착하니 외숙모 내외가 깜짝 놀라 뛰어나오며

"기별도 없이 무슨 일이냐"고 눈물을 훔치며 반갑게 맞아 주었다.

　박정심은 그간에 "혼자서 애를 낳아 길렀고, 아버지가 보고 싶어서 왔다"고 하자, 외숙모가 마을의 일가들에게 연락하여 모두 모여앉아 살아온 이야기를 듣고서 모두들 눈물을 흘리며

　"너의 아버지 박선장이 살아있다면, 부자로 행복하게 살아갈 텐데 못된 의붓아버지를 만나서 고생을 한다"고 위로하고, 다음날 외삼촌이 커다란 돼지를 잡고 음식을 마련해서 애기의 태어남을 축하해주고 박정심을 위로해주었다.

　다음날 동이 트자마자 아이를 외숙모에게 맡겨놓고 하얀 등대로 발길을 재촉 하였다, 시 오 리 길을 달려가 보니 로렐라이 언덕처럼 높은 석벽위에 높이솟은 등대는 여전히 먼 바다를 지켜보고 있었고, 바다에서는 해녀들이 물속을 들락거리며 전복과 해삼을 잡고 있었다.

　가끔씩 물에서 고개를 내민 해녀들이 품어내는 휘파람소리가 호이 호이하고 백척간두의 석벽에 울려 메아리처럼 구슬프게 바다에 퍼져나가자 등대의 빨간모자 아래에 살고 있는 각시거미가, 박정심의 슬픈 마음을 달래주려고 시 한편을 써서 낭독해 주었다.

"숨비소리"

바다 무덤하나
호이 호이 호이
아찔한 슬픈 숨비소리

혼신의 산등마을 해녀들은
깊은 바다 속 바위에
이름을 새겨서 길을 만들어간다

마음속 응어리, 희디흰 통곡으로
사랑하는 가족을 위해
숨을 죽이고 바다 속에서 일하다
수면으로 나와 내뿜는 고통의 소리

매듭진 숨비소리에는
저승에 갔다 살아나온 환희가 들어있고
사위어간 눈물이 고여 있다

  이렇게 박정심이 아버지를 그리워하며 찾아가던 등대를 첫딸을 낳아서 데리고 왔었으며, 애들을 낳을 적마다 데리고 와서 엄마의 등대에 얽힌 사연들을 계속해서 들려주었다.

봉화산 깔딱 고개

봉화산 깔딱고개

봉화산 깔딱 고개가 어찌나 가파른지, 듣기만 하여도 숨이 턱턱 막혀온다. 1950년대에 접어들던 그 시절에는 먹을 것 과 돈이 어찌나 궁하였던지 봉화산 밑에 살고 있는 동막마 을 사람들은 보성읍내에서 칠일마다 열리는 장에 가거나, 읍 내에 용무가 있을 때에는 지름길인 봉화산 깔딱 고개를 넘어 다녔다.

칠일장이 열리면 동네사람들은 곡식이나 잘 마른 나무를 지게에 지고 일렬로 서서 조그만 오솔길로 접어들어 한참을 갔다. 계속해서 따라가다 보면 계곡을 타고 흘러내리는 도랑 이 나오고, 도랑을 따라 한참 올라가면 황토로 붉게 물들인 풀 한포기 없는 깔딱 고개가 나왔다.

깔딱 고개는 아무리 힘센 장정이라 할지라도 단숨에 오르 지 못하고, 맑은 도랑물에 목을 축이고 한참을 쉬었다가 기 어가다 시피 천천히 올라 가야했다. 비가오거나 눈이 와서 미끄러워지면 맨몸으로 다니기도 힘든 가파른 언덕이었다.

깔딱 고개아래에 살고 있는 쇠똥구리가 경단을 밀면서 힘 들게 깔딱고개를 올라가는 것을 보고서, 어느 시인은 안타까 움에 시한수를 읊어주며 위로 하여 주었다

"쇠똥구리, 깔딱 고개를 넘다"

태양이 작열하는 팔월 복중, 짐을 지지 않고도 숨이 턱까지
차올라 깔딱 깔딱 숨을 쉬어야 겨우 넘어갈 수 있고
미끄러져 수많은 목숨을 앗아가 버린 풀 한포기 없는
가파른 봉화산 깔딱고개

집에 있는 가족의 배고픔을 달래주려고 쉬지 않고 꼰지발
을 서서
앞발로 집체만한 쇠똥 경단을 굴리다가 너무 힘들면
앞발을 땅에 짚고 뒷발로 밀면서

낮에는 해를 쳐다보고 지름길을 찾아 한 걸음 한 걸음 나
아가고
캄캄한 밤이 되어 한치 앞도 보이지 않으면
은하수별을 나침반 삼아 발걸음을 재촉한다

오늘밤 안으로 집에 도착할 수 있을 것인지 마음 곧추 세
우고
수크렁 잎을 뒤척이는 나는 쇠똥구리이다

봉화산은 해발 팔백 미터 정도로 보성군청에서 보면 득량,

예당, 조성 등 남쪽의 곡창지대를 바라볼 수 있는 가장 높은 산이라서 구 한 말부터 산꼭대기에 봉화대를 설치하고 왜적들이 처들어오면, 봉화대에서 낮에는 연기를 피우고 밤에는 불을 피워 신속히 알려주는 역할을 하였다.

이렇게 높은 봉화산을 한참동안 내려오면 보성읍 봉산리가 나오고, 짐을 지고 와서 힘든 농부들은 봉산리 주점에 들려 막걸리를 한잔하고 허리를 편 다음에 읍내를 지나서 삼십 분쯤 가면 보성읍 칠일 장터가 나왔다.

보성 읍내의 칠일장은 매우 넓어서 소만 전문적으로 사고 파는 넓은 우시장이 장의 맨 뒤쪽에 있었고, 그 앞쪽에는 여수 등 전국에서 모여든 각종 생선장수들이 서로 먼저 팔려고 갈치사려, 오징어사려, 서대사려 등 생선이름을 외쳐대고 있었으며, 그 앞으로는 닭 장사들이 많은 닭들을 닭장 안에 가두어 즐비하게 늘어 놓았고 또, 그 앞으로는 옷과 내의를 파는 가게들이 늘어섰으며, 그 앞으로는 각종 채소를 파는가게, 여러 종류의 곡식을 파는 가게, 찐빵 만두 등을 파는 풀빵가게, 그리고 한쪽 켠으로는 주막이 즐비하게 늘어서 있었다.

외지에서 와가지고 장을 본 사람들은 같은 마을 사람들끼리 모여서 막걸리를 한잔씩 나누고 얼큰하게 취해서 집으로 돌아갔고, 술을 좋아하는 몇몇 주당들은 아예 아침부터 눌러앉아 해가 넘어 가도록 마셔대었다.

가파른 봉화산 뒤편의 언덕위에 자리 잡은 동막마을에서 구 년째 혼자서 품을 팔아가면서 살고 있는 박정심은 어느덧 일곱 살짜리 딸 하나에 다섯 살,세 살 된 아들 둘을 두게 되었다.

 그러나 일을 하지 않으면 안 되었기에 때로는 첫째인 딸과 둘째인 아들 용이를 꼬부랑 동백나무 밑에서 놀고 있는 동네 아이들에게 데리고 놀아달라고 부탁하고, 셋째인 아들은 일터로 데려가서 논이나 밭 뚝길에 앉혀놓고 일을 하였다.

 논밭의 일이 늦어져 해가 넘어가고 어두워지면 동백나무 밑에서 같이 놀던 동네 아이들은 모두 집으로 가버리고, 아이 둘이 남아서 집으로 돌아와 엄마가 쪄놓고 간 고구마나 옥수수 등으로 허기를 때우고 잠이 들기가 부지기수였다.

 집에 돌아온 박정심은 안타까움에 눈물을 쏟아냈으나 남편은 무책임하게 객지로 나가 버렸고, 같은 마을에 살고 있는 남편의 형제들도 발걸음을 끊으며 아예 도와주지 않았다.

 또 다시 봄이 되고 봉화산에 진달래꽃이 만발하자 박정심과 아낙네들은 진달래꽃을 따러 나섰고, 한나절이 지나기도 전에 커다란 대바구니에 진달래꽃을 가득 따서 집으로 돌아와 애들이 먹기도 하고 나머지는 술에 담가 두었다.

 이렇게 애들과 함께 굶주림에 시달리면서 하루하루를 보

내던 어느 날 객지로 떠돌던 남편 이재석이 한밤중에 집으로 돌아와 부인 박정심에게 "이대로 살아가다 가는 앞날에 대한 희망도 없고, 굶어죽을 염려가 있으니 죽이 되던 밥이 되던 보성읍내로 이사를 가야된다"면서 짐을 꾸리라고 재촉을 하였다.

다음날 날이 밝자 이재석은 어제저녁에 꾸려 놓았던 짐 보따리 몇 개를 지개꾼들과 함께 나눠서 지고 마을을 출발하였다.

같은 동네에서 오랫동안 함께 살아온 친구들과 평소에 친하게 지내던 이웃들이 "이사를 가게 되어 섭섭하다"고 하며, 마을 동구 밖까지 따라오면서 이별의 눈물 속에서 배웅을 하여 주었다.

그러나 같은 동네에 살고 있던 이재석의 형과 누나들은 동생이 생전 처음으로 봉화산을 넘어서 멀리 읍내로 이사를 가지만 아무도 와보지도 않고 무관심하였다.

지개꾼들은 진달래꽃이 만발한 봉화산을 향해 출발하였고, 깔딱 고개를 지나서 봉화산 정상을 지나서 봉산리 논밭을 지나서 보성 읍내를 향해 발걸음을 재촉하였다.

박정심은 딸과 아들을 데리고 읍내에 가는 달구지에 올라 득량 기차역을 지나서 보성읍 그럭재 라는 높은 언덕을 올라

가야 하는데, 그럭재가 너무 높은 언덕이라서 단번에 올라가지 못하고 중턱에서 소에게 여물과 물을 먹이며 쉬었다가 힘겹게 넘어갔고, 한참을 걸어서 보성읍 동윤동에 빌려놓은 셋집으로 들어가 미리와 있던 짐을 풀고 나서 아이들과 함께 집안 여기저기를 청소하고 정리 하는 등 눈 코 뜰새 없이 바쁘게 며칠을 보냈지만 애들은 모처럼 엄마와 같이 있는 기쁨에 들떠 있었다.

비록 셋집을 얻어서 이사를 왔지만, 박정심은 처음으로 집다운 집에서 애들을 데리고 살게 된 기쁨에, 시루 맨 밑바닥에 삼베로 된 천을 깔고 그 위에다 한 치정도 두께의 쌀가루를 놓고, 그 위에 삶은 팥을 깔아놓기를 반복해서 시루에 가득 채워 넣어 물을 삼분의 일쯤 넣은 가마솥위에 올려놓고 불을 떼서 수증기로 쪄가지고 시루떡을 만들었다.

박정심은 셋째아이를 등에 업고서 잘 만들어진 시루떡을 예쁜 접시에 담아서 이웃집에 가져다주면서 "새로 이사를 왔으니 잘 부탁한다"고 인사를 하였고, 이웃집 아낙들도 반갑게 맞아 주었다.

따뜻한 봄이 되었지만 박정심은 여전히 배고픔에 울어대는 아이들을 달래며, 큰딸에게 어린동생들을 맡겨 놓고 논으로 달려가 모를 심어주며 품삯을 받아와 쌀과 보리로 바꿔와

어렵게 끼니를 떼우고 있었다.

이사를 온지 어느 덧 삼 개월이 지났지만, 봉화산 밑에 있는 동막마을에서 살고 있는 형님들은 장날이면 봉화산을 넘어서 장을 보러오면서도, 잘 살지도 못하는 동생 이재석의 집에는 들리지 않고 가버렸다.

다행히 남편 이재석도 1950년도 말 무렵에 아이들이 늘어나자, 방랑벽을 접어두고 객지에서 배워두었던 막걸리, 소주 만드는 기술을 활용해서 보성 읍내에 있는 "보성 양조장"에 공장장으로 취업을 하였다.

그 당시에 막걸리는 칠일장이 서는 장날마다 쌀을 삼십 가마정도 구입해서 창고에 쌓아놓고 필요할 때마다 꺼내서

고두밥을 만들어, 밑술과 1차 덧술을 넣은 커다란 옹기로 만든 독에 누룩과 함께 넣어서 일주일정도 발효 시켜서 전내기라고 부르는 막걸리원료를 만들어 놓고 주문이 들어오면 전내기에 물을 열배정도 부어서 희석을 시켜, 나무로 만든 통에 넣어서 자전거에 싣고 주문처에 배달을 해주고 있었다.

이재석은 고두밥을 찔 때 커다란 솥 밑에 눌어붙은 누룽지를 집에 가져다주었고, 애들은 과자처럼 맛이 있다고 먹었고 배가 고플 때에는 물을 많이 붓고 죽처럼 끓여 먹으며 구수하고 맛이 있다고 서로 먹으면서 배고픔을 다소나마 면할 수 있었다.

이제석의 말에 의하면, 소주는 1258년경 고려 충렬왕 시대에 원나라로부터 증류 소주를 만드는 비법이 전래되어 오늘날까지 시대의 변화상에 따라서 여러 가지 소주로 변화와 발전을 거듭하며 인기를 독차지 하였다고 한다.

양조장에서는 먼저 장날마다 커다랗고 굵은 보리를 오십 가마정도 사가지고 창고에 넣어두고, 품질이 좋은 보리를 커다란 솥에 넣고 찐 후에 누룩과 물을 혼합하여 발효시킨 후 커다란 증류기에서 증류시켜 가지고 필요한 용도에 따라 물과 향료를 섞어서 팔았다.

그 시절에 읍내에 살고 있던 가난한 사람들은 먹을 것이 없어서 굶주리며 일상을 보내고 있었기에, 소주를 증류하고 남은 보리로 된 찌꺼기를 버리는 날이 되면 찌꺼기를 받아다가 끓여먹으려고 새벽부터 양푼을 들고 서로 먼저 받아가려고 긴 줄을 늘어서서 기다리고 있었고, 양조장에서는 개인별로 한 됫박씩 공정하게 나누워 주었으나 항상 나눠줄게 부족하였다.

어느 날 장남인 용이도 남들이 줄을 서니까 하도 신기해서 양푼을 들고 줄을 서 있다가 차례가 되어 보리 찌꺼기를 받아가지고 집에 왔더니, 어머니가 "이렇게 귀한 것을 어디서 구했냐?"고 하시면서 끓여 주는데 보기보다 맛이 있어서 찌꺼기를 주는 날을 알아두었다가 줄을 서서 찌꺼기를 받아가지고 와서 어머니께 드렸다.

이렇게 어려운 삶을 살아가고 있을 때, 집집마다 가난을 타개 하기위해 좀도리 쌀 모으기 운동이 번져 나가기 시작하였다.

좀도리 쌀을 모으려면 먼저 부엌한구석에 한말정도 들어가는 항아리를 놓아두고 매끼 밥을 지을 적마다 밥을 할 쌀에서 한주먹의 쌀을 집어서 항아리에 넣어두고, 그 대신 약간 적게 밥을 해서 배가고프면 물을 더 마시거나 야채 또는 개떡을 만들어 먹으며 허기를 달랬었다.

개떡은 정미소에서 제일 바깥쪽의 왕겨를 벗겨 내고, 현미가 나오면 현미를 좀 더 깎아 백미를 만드는 과정에서 쌀겨가 나오면, 쌀겨를 모아두었다가 필요할 때마다, 밥을 지은 후 뜸을 들일 때 밥 위에 넓은 호박잎을 깔고 그 위에 쌀겨와 소금 약간이나 사카린 약간을 섞은 물을 넣고, 물에 개어 얹어놓은 후 불을 떼면 익어서 떡이 되는데 일반 쌀떡과 다르게 거칠고 딱딱하며 맛이 없어서 좋아하는 사람이 별로 없었다.

여름이 오자 박정심은 콩밭의 잡초를 뽑아주고, 고구마 순을 밭에 심어주고 온갖 농사일을 도와주고 다니면서 악착 같이 돈을 벌고, 그리고 고픈 배를 졸라매고 하루도 거르지 않으며 좀도리 쌀을 모아 돈을 만들고, 남편 이재석의 봉급도 절약하여 모아 가면서 악착같이 살아 온지도 어느덧 5년이란 세월이 흘렀다.

장남 용이가 초등학교에 입학 할 무렵에 박정심이가 그토록 염원하던 제법큰 집을 보성경찰서 앞의 시내에 마련 할 수 있었다.

비록 초가집 이였지만 방이 네 개있고, 앞마당이 백여 평에 달하고 집 뒤로는 백 오십여 평에 달하는 넓은 텃밭이 있었다.

텃밭에 봄에는 각종 채소를 심어서 자급자족하고, 여름에는 감자를 심어서 식사용으로 쪄서 애들에게 주고, 가을에는 배추와 무를 심어서 김장도 하고 나머지는 시장에 내다 팔기도 하였다.

박정심은 집을 사는데 만족하지 않고 다른 사람들의 농사일을 거들어주어 품삯을 받고, 좀도리 쌀을 받아서 계를 들고, 이재석의 월급을 꼬박꼬박 모아서 논을 구입하기 시작해서 이제는 십여 마지기의 논을 마련했고, 밭도 다섯 마지기나 마련하였다.

박정심은 돈을 빨리 모으기 위하여 돈이 조금씩 모이면 계를 들었는데, 그당시는 은행에 저축하는 사람은 별로 없었고 대부분의 사람들은 계를 하여 돈을 모았기에 계의 종류도 다양하였다.

그 당시에 보통 사람들이 가장 많이 하는 계는 일반적금처럼 이십 여명의 계원들이 계주에게 매월 일정액을 납부하면 이 돈을 차곡차곡 모아두던지 아니면 계주가 이 돈을 수익이 많은 곳에 투자를 하는 등 활용하고, 이십 개월이 지난후에 계주가 원금에 이자를 붙여서 돌려주는 방법 이었다.

그러나 박정심은 일반적인 계를 하지 않고 수익이 가장많은 낙찰계를 하였다. 낙찰계는 이십 여명의 계원들이 매달한 번씩 모여서 조그마한 종이쪽지에 이번 달에 납부할 원금에다 계원들이 투자 할 수 있는 이자를 더해서 적어내서 계주가 모든 계원들이 보는 앞에서 이 쪽지 들을 개봉하여 가장 많은 액수를 쓴 계원이 그달에 납부된 원금 총액을 가져가고, 나머지 계원들은 원금에서 이자를 공제한 금액만 납부하는 방법으로, 계원들이 곗돈을 부으면서 계속 타가다 보면납부할 원금이 계속 줄어들어 마지막 회에 타는 계원은 원금을 내지 않고도 원금총액을 타갈 수 있었다. 즉, 가장 수익이 높았다. 그래서 박정심은 낙찰계를 활용하여 돈을 모을수 있었다.

이렇게 박정심이 허리띠를 졸라 매고 돈을 모아서 논밭을구입하여 나가면서 읍내로 이사 온지도 십여 년이 지나는 동안에 자녀들은 여자아이 다섯에 남자아이 둘인 칠 남매로 불어나 있었다.

맨 위의 첫째는 딸이었고 둘째와 셋째는 아들이었고 그

밑으로 넷은 딸이었다, 일상적인 생활은 어머니가 남의 집 농사일을 도와주러 일터로 나가거나, 집에서 땔감을 사용할 나무를 하러 먼 산으로 가면서 하루 종일 집을 비울 때에는 출발하기 전에 점심으로 먹을 밥을 해서 바구니에 넣어 두거나 감자나 고구마를 쪄두고 가면서

첫째인 딸에게 애들을 잘 돌보고 점심밥을 챙겨주며 잘 돌봐 주라고 신신당부를 하고 떨어지지 않은 발걸음을 돌려서 일터로 갔고, 어떨 때에는 애에게 젖을 먹이지 못하여 젖이 퉁퉁 부었고, 심하게 부으면 젖가슴 속으로 젖들이 서로 엉켜서 부패를 일으켜서 통증이 심해졌다.

그 시절에는 병원에 갈 돈도 없고 약을 사러갈 돈도 아까워서 아픈 젖가슴을 안고, 발이 가는 채와 새우를 잡아서 담을 그릇을 들고 논밭사이에서 물이 흐르고 있는 도랑으로 달려가서 민물새우를 잡아가지고 집으로 돌아와서 절구통에 찧어 부어오른 부위에 올려놓고 싸매두면 젖가슴 속에 들어있던 몽오리가 녹아서 터져 나와 환부가 치료되는 민간요법으로 치료를 하였으나 통증은 매우 심하다고 하였다.

그리고 박정심이 일터에 가서 한 시도 마음을 놓지 못하고 가슴 졸이면서 아이들이 무사하기를 비는 것은 첫째 딸 때문이었다.

어머니가 일터에 가면서 동생들을 잘 보라고 신신당부를

하였건만, 여덟 살에 접어들어 한참 호기심이 많을 첫째 딸은 많은 동생들을 돌보는 것이 매우 귀찮아서 애들이 어떻게 놀던 내버려두고, 친구들이 교회나 학교에 놀러가자고 하면 따라가 버렸다가 해가 넘어가 어머니가 일터에서 돌아온 한참후에도 돌아오지 않고 밤이 깜깜해질 때 돌아오다가 어머니에게 들켜서 심한 꾸중을 들은 게 한두 번이 아니었다.

물론 첫째 딸이 애들을 돌보아주지 않고, 친구들과 놀러가 버리면 남은 아이들은 나이가 어려서 위험한 장난을 하여 다쳐가지고 밥도 먹지 않고 하루 종일 목이 쉬도록 울고 있었다.

특히 둘째 아들은 고집이 세서 누구의 달램도 듣지 않고 밥도 먹지 않고 하루 종일 큰소리로 울거나 살림살이를 던지고 부수어 온 집안을 난장판을 만들어 놓았었다.

어머니는 일터에서 돌아오면 많은 애들을 불러 모아 밥을 먹이고 난후에 새 옷으로 갈아입혀 재우고 잠자는 틈을 활용해 애들 옷을 빨고 바느질을 하여 손질을 해놓고, 내일 애들에게 먹일 음식을 만들어 놓느라고 밤잠을 못자며 일을 해야 했었다.

이렇게 눈코 뜰 새 없이 바쁜 가운데도 세월은 흘러 벌써 칠월 말에 접어들었고 내일이면 박정심의 아버지 박중양의 기일이 다가왔다.

박정심은 이웃에 살고 있는 이재석의 누나에게 애들 여섯을 맡겨놓고 벌교읍 산등부락에 살면서 아버지 박중양의 제사를 지내주고 있는 박중양의 큰형 집으로 향했다.

　제사를 지내러 가면서 장남 용이만 데리고 떠났다. 보성역을 출발한 기차 안에서 어머니 박정심은 용이의 손을 꼭 잡고서 "어머니는 박중양 아버지의 외동딸이고 장남인 용이 너는 박중양의 외손자로서, 원래는 어머니가 외할아버지의 제사를 가져다 지내주고, 내가(박정심) 죽으면 외손자인 네가 제사를 모셔야 하는데 내가 어렸을 적에 외할머니가 재가를 했기 때문에 차마 의붓아버지 김병만의 집으로 제사를 모셔가지 못했으니 이해하고, 너가 자라면 외할아버지 제사를 너의 집으로 모셔오던지, 안되면 큰 외숙 집에서 지내는 외할아버지 제사에 꼭 참석하여야한다"고 신신당부하며

　오늘 너만 데리고 가는 것은 어머니가 바쁜 일이 있을 때에는 너 혼자서 큰외숙 집에 가야해서 길을 알려주는 것이니 똑똑히 기억해 두라고 눈물을 흘리며 신신 당부 하셨다.

　벌교역에 내려서 배가 안다닐 때에 대비해서 일부러 갯벌 뚝방길로 가면서 길을 익히도록 자세하게 설명하여 주었다

　큰외삼촌 집에서 제사를 모시고 다음날 어머니가 그토록 그리던 하얀 등대를 찾아가보니 하얀 등대는 여전히 먼 바다를 쳐다보고 있었고, 어머니는 등대를 붙들고 통곡을 하는데

등대위의 빨간 모자 밑에 살고 있는 각시거미가 나타나 시를 읊으며 어머니를 위로하기에, 나도 등대 앞에 노랗게 핀 민들레를 보면서 시를 한 수 지어 화답하였다.

"민들레"

거세게 몰아치는 해풍 속에서
절개를 굽히지 않고
작은 돌 틈 사이로
수줍은 얼굴을 내미는 민들레

포공구덕으로 자신의 몸을 찢어
모든 종기를 치료해주는
잔디밭에 피어난 작은 민들레

녹차밭의 해무

산등마을 하얀 등대를 찾아가 아버지 박중양이 돌아가신 먼 바다를 쳐다보고, 등대에게 위로 받고 돌아온 박정심은 일상으로 돌아가 남의 논밭 일을 해주고, 여기에 더하여 본인의 논농사와 밭농사를 지어 가노라고 무척 바쁜 나날을 보냈다.

그러나 본인의 논과 밭이 생겼다는 기쁨에 피곤한 줄도 모르고 새벽부터 해가 질 때까지 더욱 열심히 일을 하였다.

용이의 다른 형제자매들은 어머니가 고생하시는 것을 당연하다고 생각하거나, 어머니를 도와드릴 마음이 하나도 없었는지 어머니의 고생에 무관심하고 자신들의 취향에 따라 노는데 여념이 없었다.

그러므로 열세 살이 된 용이 혼자서 고생하는 어머니가 애처러워 학교수업이 끝나자마자 논과 밭으로 뛰어다니며, 하루 종일 어머니의 일을 도와드리고, 일이 끝나면 농기구, 비료 등 어머니가 일을 하려고 커다란 리어카에 싣고 갔던 물건을 싣고 집으로 돌아왔다.

사실 용이가 리어카를 끌고 오기에는 너무 무겁고, 길도 험했다. 특히 논에서 돌아오는 보성군청 옆 부평동 고갯길은 너무 높은 언덕길이라서 고개를 올라갈 때 많은 힘이 들고 자칫 실수라도 하면은 뒤로 밀리기가 일쑤였다.

그리고 같은 보성국민학교에 다니던 한반의 여학생들을

만나면, 용이에게 "생긴 것은 하얀 피부에 부잣집 아들같이 생겼는데, 매일 머슴처럼 일만 하는 것을 보니 집이 가난해서 그런가 보다"고 수군거리며 학교에서 놀 때도 끼워주지 않았다.

그러나 용이는 어머니를 생각하며 누가 뭐라고 놀려대도 모르는 척하고 매일매일 어머니를 도와드리는 기쁨으로 살았고, 어머니를 도와드리고 심부름해주는 것을 끔찍이 싫어하는 다른 자식들의 생각을 알아차렸는지 어머니도 다른 자식들에게는 아예 아무 일도 시키지 않았다.

언젠가 자식들을 매우 차별 대우를 하며 장남만 머슴처럼 일을 시키는 어머니가 미워서, "무슨 이유로 다른 남매들은 일을 시키지 않고 장남만 일을 시키냐고?, 일은 자식들에게 공평하게 시켜야 하지 않느냐고?"물었더니 어머니는 일을 시켜도 말을 듣지 않은 애들을 어떻게 일을 시키느냐고, 울먹여서 더 이상 물어볼 수 없었다.

유월 하순으로 접어들자 보성읍 옆에 있는 회천면의 바닷가를 따라 넓은 면적에 심어진 감자를 캐기 위하여 많은 아낙들이 필요하여, 읍내에 살고 있는 수많은 아낙들이 돈을 벌려고 지원하였고 박정심도 따라나섰다.

회천면 해안가를 따라 끝없이 펼쳐진 밭 위에 심어진 감자에서 보라색 꽃과 눈처럼 하얀 꽃이 눈밭처럼 피어 있었고, 아낙들이 한고랑에 한명씩 앉아서 호미로 감자를 파내기 시작하며 출발하면, 그 뒤로 남자들이 따라오면서 파놓은 감자를 자루에 차근차근 담아서 지게에 지고 마을로 날라서, 마당 한구석에 감자를 모아놓고, 크기별로 선별해서 다시 50킬로그램씩 자루에 담아서 포장을 한 후에 크기별로 트럭에 실어서 보성읍내 등 전국으로 팔아 넘겼다.

전국에서 회천면 감자가 맛이 있기로 유명하였는데, 이는 토질이 모래로 이루어진 사양토로서 물 빠짐이 좋고 땅이 부드러워서 감자의 덩이뿌리가 굵어지는데 알맞은 여건이었던 것 같았었다.
그리고 바다에서 해풍이 불어와서 병충해가 적었고, 해풍이 불어오면서 바닷물 속의 많은 미네랄이 함유되어 있는 해무가 밀려와서 감자라는 식물에 여러 가지 양분을 공급하여 주었기에 잘 자랐고, 특히 덩이뿌리가 굵어지는데 일조를 하였다.

아침 일찍 시작된 감자 수확은 쉬지 않고 계속되다가 새참 때가되어 일을하던 모든 아낙들이 감자밭 뚝 방 길로 나와서 흐르는 땀을 닦은 후 밭주인과 일꾼들이 가져 온 찐 감자로 간단히 요기를 하고 허리를 편 후에 다시 감자밭으로 들어가 감자를 캐기 시작하였다.

점심때가 되자 박정심과 아낙들은 일손을 멈추고 밭에서 나와 뚝 방 길에 나와서 감자를 넣은 된장찌개로 된 반찬에 보리밥으로 식사를 하고 잠시 휴식을 취한 후 다시 감자밭에 들어가 감자 캐기를 계속하였다.

하루 종일 감자 캐는 일을 열심히 하였지만, 워낙 넓은 면적의 감자를 모두 캐지 못하여 작업은 며칠 동안계속 되었다.

회천면으로 감자를 캐주려 갈려면, 돈이 있는 사람들은 새벽에 보성읍에서 회천으로 가는 버스를 타고 봇재라는 높은 재를 넘어서 조금 더 내려가 바닷가 도로변에 삼거리가 나오면 그곳에서 하차하여 감자밭으로 걸어갔고, 돈이 없는 사람은 새벽에 일찍 보성 읍내를 걸어서 출발하여 보성 중고등학교를 지나서 한참가면 봉산리에 있는 논이 계속되었고, 그곳을 지나가면 "보성 다원" 이라는 녹차밭이 나오고 조금 더 가면 봇재라는 높은 재가 나오고, 재를 지나서 조금 더 내려가면 해변의 도로변에 있는 삼거리가 있었다. 그곳에서 버스를 타고 온 아낙들과 합류하여 감자를 캘 밭으로 향하였다.

어느 날 어머니 박정심이 장남 용이에게 심부름 할 일도 있고 봇재도 구경해보는 것도 좋을 것 같으니 같이 걸어서 감자밭을 가자고 제의 하였고, 용이도 어머니를 따라가는 것이 신이 나서 아침 일찍 어머니를 따라나섰다.

집을 출발하여 한참을 걸어가니 봇재라는 곳에 도착하였는데 해무가 휩 싸고 있어서 넓은 녹차밭이 어둠을 뿌려놓은 것처럼 거의 보이지 않아서 길을 찾아 헤매고 있는데 녹차나무 사이 거미줄 위에서 각시거미 한마리가 시를 읊조리고 있기에 나도 한수 지어서 화답을 하였다.

"해무"

녹차 밭에 자욱이 낀 해무,
득량만에서 불어온 해륙풍을 타고
밀려 온다

몽중산자락 드넓은 대한다원의
녹차꽃을 못 잊어 돌아온
유령처럼 퍼져 나와
한 폭의 동양화를 만들어낸다

이곳 다원을 처음 찾는 관광객들은
온 산의 녹차꽃을 품에 껴안고
해무의 바다를 건너야한다
앞장선 일행들이 사라질 때 까지

노스텔지어를 항해하는 선원들처럼
　　문득 혼자서 해무의 누에고치 안에
　　묶여있음을 느낀다

　용이는 간신히 봇재의 해무를 벗어나 감자를 캐어주러 온
아낙들과 합류하여 어머니를 도와서 감자를 캐주고, 밭주인
이 일당으로 준 감자 세 되를 등에 지고 어머니와 함께 집으
로 돌아와 감자를 쪄먹었는데, 여느 감자와 다르게 하얀 밤
으로 채워진 밤 감자라 밤처럼 달고 맛이 있었고 형제들도
맛이 있다고 서로 많이 먹으려고 아우성이었다.
　용이는 감자 맛이 하도 좋고 온 식구들이 좋아하는 것을
보고서 좀 더 많은 감자를 얻어오려고 다음날도 새벽 일찍
어머니를 따라나서서 한 참을 걷다보니 봇재에 도착하였는
데, 그날은 날씨가 맑은 날이어서 해무는 온데간데없이 사라
져 버렸고 벌거벗은 여인처럼 녹차밭의 정경이 드러났다.

　녹차밭은 높다란 몽중산을 뒤로 두고 몇 개의 산 전체에
시루떡을 얹힌 것처럼 평지보다 조금 높게 둔덕을 만들어 그
위에다 녹차나무를 심고, 둔덕 옆으로 사람이 다니면서 녹차
잎을 따거나 퇴비 등을 주며 관리할 수 있도록 수로 겸 농로
를 만들어 놓았었다.

그리고 녹차 나무를 잘 전정하여 일정한 높이로 통일하여 잘 가 꾸어 놓았기에 아름다운 정원에 들어와 있는 것 같았고, 봇 재에서 내려다보니 산 밑에는 커다란 저수지에 물을 가득 담아서 파란물이 바람결에 따라 나비처럼 춤을 추고 있었다.

저수지 밑으로 조금 더 내려가면 벼가 심어진 논과 감자가 심어진 밭이나오고 그 밑에는 자동차와 버스가 다니는 자갈이 깔린 도로가 나있었고, 조금 더 내려가면 마지막으로 갯벌 뚝방 길이 연속적으로 이어져 있었으며 그 뒤로 끝없는 수평선으로 된 득량만 바다가 파도를 치고 있었다.

보성 녹차 밭은 1950년 말에 우리나라에서 최초로 만들어졌고, 전국에 이러한 절경을 가진 녹차 밭은 없어서 가장 아름다운 녹차 밭이라고 불리며, 현재 까지 시도 때도 없이 수많은 관광객들의 발길이 끊임없이 이어지는 관광명소로 자리 잡고 있다.

녹차밭 관광 명소에서 녹차밭을 안내해주는 안내인을 만났더니, 보성 녹차밭인 "대한다원'은 보성읍 1288-1번지에 있고, 우리나라에 녹차가 처음 들어오기 시작한때는 신라 흥덕왕 때 중국으로부터 들어 왔으며 녹차의 종류는 크게 나누워 보면, 작설차(잎차)나 떡차를 끓여 마시는 맑은차와 가루차를 뜨거운 물에 휘저어 마시는 다유라는 차가 있었으나,

현재는 다탕이 주류를 이룬다고 하였다.

이어서 작설차(잎차)를 만드는 과정을 간단히 설명해 주었다. 작설차는 차나무에서 수확한 날 잎을 약간 그늘에서 말려서 시들게 한 후에 솥에 덖고 비비기를 9회 정도 해가지고 말려서 만든다(9증 9포)고 하였다.

보성녹차의 종류는 대표적으로, 우전, 곡우, 세작, 중작, 대작 등이 있고 일정한 온도와 습도로 발효시킨 발효차와 가루차(말차) 등이 있다고 하였다.

우전차는 곡우 전에 봄비가 자주 내려 안개가 자주 끼며 땅속에 물기가 많아지고 공중의 습도가 높아져서 차나무의 싹이 돋아나기에 적합한 시기에 차잎을 따가지고 잘 덖어서 만든 녹차로서, 녹차의 향과 맛이 잘 우러나 맛이 있고 색깔도 아름답게 우러난다고 하였다.

세작 차는 참새의 혓바닥을 뜻하는 작설에서 따온 말로서, 참새의 혓바닥처럼 가늘고 잎이 한 심에서 한 잎이 피거나 필려는 상태에서 찻잎을 따가지고 만든 차라고 하였다.

즉, 우전차나 곡우차는 찻잎의 채취시기에 따라 이름이 지어졌고 세작은 찻잎이 자라있는 크기에 따라 붙여진 이름 이라고 하였다.

중작과 대작은 찻잎의 크기에 따라 분류하므로 따는 시기(곡우 등)와는 별 상관이 없다고 하였다.

"보성녹차 잎은 바다 안개와 이슬을 먹고 자란다"는 말이 있듯 곡우를 전후하여 가장 바쁜 수확기가 되고, 수확은 보성여인들의 손끝에서 이루워 지고 있었다.

그래서 곡우 때가 되면 박정심을 비롯하여 보성의 많은 여인들이 녹차밭에서 녹차를 따주고, 덖는 일 등 많은 일을 해주었지만, 여전히 일손은 많이 부족하여 타 지역 여러 곳에서 살고 있는 외지의 여인들까지 동원 되었다고 하였다.

녹차밭 구경을 마치고 용이는 감자 캐는 아낙들과 함께 일터에 도착하여 어머니를 열심히 도와드리고 해가 저물어 일을 마치고 집으로 가려는데 감자밭 주인이 "어제도 왔는데 오늘도 쉬지 않고 와서 감자 캐는 일을 거들어 주었다"고 기특해 하면서 "감자 다섯 되를 줄 터이니 가져갈 수 있겠느냐?"고 물어서 "주는 대로 얼마든지 가져갈 수 있습니다"고 대답 하였더니, 정말로 다섯 되를 주어서 기쁜 마음으로 어머니와 나누어 가지고 집으로 돌아왔다.

이렇게 많은 고생을 하고, 주린 배를 졸라매고 좀도리 쌀을 받는 등 근검절약하여 많은 돈이 모이자, 어머니 박재심이 보성역전 앞에 즐비하게 늘어서 있는 상가 가게를 몇 채 사놓고 새를 받아서 편안하게 살자고 하면서 마음에드는 가게를 알아보고 있는데

어디선가 이재석이 돈을 모아 가지고 상가를 산다는 소문

을 듣고서, 박정심이 먹을 것도 없어서 굶주리며 소처럼 일을 해서 겨우겨우 끼니를 때워 갈 때는 모르는척하고 얼굴도 보이지 않으며 호위 호식하던 이재석의 큰형님을 비롯한 형들 세 명이 같이 나타나서 이재석을 불러 놓고 "보성역 앞의 상가를 살돈으로 형들이 농사를 짓게 논을 사 달라, 만약에 논을 사주지 않으면 동생으로 인정하지도 않고 남으로 취급하겠다"고 공갈협박을 하였다.

이재석은 형들 앞이라서 말 한마디 못하고 쩔쩔매고만 있었다. 이러한 광경을 목격한 부인 박정심이 나서서 "그렇게 할 수는 없고, 역 앞의 상가를 사가지고 많은 애들하고 먹고 살려는데 무슨 권한으로 못 사게 하느냐"고 울면서 따졌다.

그러자 형들은 "못된 여자가 집에 들어와서 형제간의 우의를 깨려고 하니 막내인 이재석이 나서서 부인을 아무 말도 못하게 하고, 반드시 형들이 시킨 대로 동막마을 앞에다 형들이 원하는 대로 논밭을 사주라"고 엄포를 놓고 떠나버렸다.

형들이 떠나버리자 박정심이 "돈을 모아보려고 굶주리면서 살 때에는 와 보지도 않던 욕심쟁이 들이 무슨 권한으로 논을 사 달라하는지 이해가 안된다"고하면서 "꼭 상가를 사야만 우리 가족이 먹고 살 수 있으니, 논은 절대로 못 사 준다"고 하자마자 맹목적으로 형제우애를 신봉하는 이재석이 "상가나 돈보다는 형제간의 우애가 먼저이니 형들이 원하는 대로 동막마을에다 논을 사 주겠다"고 말하자 박정심이 "저런 철면피인 형들에게 논을 사 줄 수 없다"고 항의하자, "형님들 말을 들어야 한다"고 하면서 부인인 박정심이를 두들겨 패기 시작하였다.

남편에게 맞고 난 박정심이 억울하기도 하고, 맞은 곳이 아파서 울고 있는 사이에 이재석은 돈을 빼앗아 가지고 동막마을로 가서 오십여 마지기의 논을 구입하여 형들에게 "나누어서 농사를 지으라"고 맡겨 주었다.

사실 이재석은 수십 년 동안 객지로 혼자서 떠돌면서 돈을 모으는데 별로 기여한 것이 없고, 나쁜 형들의 심보가 이재석이 돈이 필요하여 논을 팔아 가겠다고 하면 순순히 내어 줄 사람들도 아닌데, 끔찍이 형제간의 우애를 중시하는 유교에서 비롯되어 전래되어 내려오는 형제우애 정신의 맹목적인 신봉자인 이재석은 형님들의 말을 어기지 못하고, 큰돈을 모을 수 있는 기회를 날려버리면서 다시 가난하게 살게 되었다.

나중에 이재석은 형제에 대한 잘못된 생각으로 형들에게 큰 돈을 빼앗긴 것에 대한 분풀이라도 하듯이, 자기 자식들에게는 "장남이 부모를 대신해서 모든 것을 동생들에게 베풀고, 잘해주도록" 강요를 해가기 시작하였다.

이러한 교육을 받은 아이들은 커서도 장남은 모든 것을

희생해서 형제들에게 베풀어 주어야한다고 생각하며 베풀어 주기만을 기대하였고, 자신들은 장남에게 무엇 하나 해줄려는 즉, 남을 도와주거나 베풀어줄려는 마음은 조금도 없이 지신의 욕심만을 생각하는 비정상적인 인간으로 변해가 버렸다.

읍내에 장이서는 날 아침 일곱 시가 되면, 어디선가 북과 심벌즈를 신나게 두들기는 소리가 온 마을에 울려 퍼지고 어른, 아이 가릴 것 없이 모두 밖으로 뛰어나와 구경하느라고 정신이 없었다.

혼자서 북을 등에 매고 등에 맨 북을 두드리는 북채를 가는 줄을 연결해서 발에다 묶어가지고 걸음을 옮길 때마다 둥둥둥 북을 치면서 박자에 맞추어 경쾌한 심벌즈를 쳐주며 걸어가는 장면은 신기하기만 하였다.

동네 아낙네들도 구경을 하다가 얼굴에 바르면 살결이 희어지고 부드러워진다는 구르무 장사의 말에 홀랑 넘어가 구르무를 사가지고 갔고, 아낙들 사이에선 구르무를 얼굴에 바르면 예뻐진다고 입소문이 퍼져나갔다.

아낙네들은 구르무를 살려고 줄을서서 기다렸고, 현금이 없는 아낙은 쌀 몇되나 보리 몇 되를 가지고 나와서 구르무와 바꿔갔으며 동동 구르무 장사 덕택에 보성읍내 아낙들 사이에선 멋을 내는 풍조가 빠르게 퍼져 나갔다.

어느 날 읍내 부자 집에서 "회갑 잔치에 쓸 음식을 만들어 달라"고 박정심에게 부탁을 해서 박정심은 이른 아침부터 부자집에 가서 떡도 만들고, 전도 부치고, 나물도 무치는 등 바쁘게 일을 해주다보니 어느덧 해가 저물어 떡을 얻어 가지고 집으로 돌아왔다.

아무것도 먹지 못하고 집으로 돌아와 보니 애들이 집안은 엉망으로 흩어뜨려놓고 저녁도 못 먹어서 배가 많이 고픈지 누워 있어서, 애들을 불러 모아 떡을 나누어 주었다.

그런데 애들이 나누워 준 떡을 빨리 먹어버리고, 점심도 제대로 먹지 못해서 무척 배가고픈 어머니 박정심이 떡을 먹으려는데 아무것도 모르는 아이들이 "떡을 더 달라"고 조르니 어머니는 나머지 떡을 나누어 주어 버렸다.

그리고 배가 많이 고파서 혼자서 정재에 들어가서 냉수를 마시며 허기를 달래었다. 이때 장남인 용이가 부엌으로 들어와 어머니에게 자기가 받은 떡을 내밀며 "많이 배가 고프지요? 이 떡이라도 조금 드세요" 하니 박정심은 "잔치 집에서 많이 먹었으니 괜찮다"고 하며 정재를 나가버렸다.

어머니는 정재를 나가면서 늑대 같은 짐승들도 멀리 가서 동물을 잡아 먹고서 위에 다가 넣어 가지고 집으로 돌아와 음식을 토해가지고 새끼들을 먹이고, 바다의 동물인 펭귄들도 먼 바다로 나가서 물고기를 잡아먹고 돌아와 새끼들을 불러 모아서 토해가며 음식을 먹인 다는 모성애에서 발현된 심정 이었을 것 같다는 생각이 들었다.

어느덧 시간이 흘러서 청명한 하늘이 펼쳐지는 가을이 왔
고, 보성 군민들과 읍민들 모두가 즐거워하는 보성국민학교
운동회가 열렸다.

모두가 헐벗고 굶주리던 시절이라서 구경거리가 별로 없
었기에 운동회는 읍민들의 커다란 위안거리이고 잔치였다.

운동회 날이 되면 읍민들이 모두들 가족과 함께 도시락,
떡 등 많은 먹을거리를 준비해 와서 가족과 이웃 단위로 삼
삼오오 짝을 지어서 운동장 주변의 잔디밭에 자리를 잡고 둘
러 앉아 맛있는 음식을 먹으면서 아이들에게 응원도 해주고
이웃끼리 재미있는 이야기로 꽃을 피웠다.

엿장수, 붕어빵장수, 튀김장수, 풍선장수, 막걸리장수, 떡장
수, 과자장수 등 수많은 종류의 장사꾼들도 찾아 와서 전을
벌여 그야 말로 발 디딜 틈 조차없이 사람들로 인산인해를
이뤘다.

맨 먼저 하얀 체육복을 입은 교장선생님이 나와서 인사말
씀을 하시고 이어서 전체 학생들이 하얀 체육복을 입은 백군
과 파란 체육복을 입은 청군으로 나뉘어서 높은 탑 쌓기 등
매스 게임을 시작으로 개인전 백 미터 달리기, 오백 미터 달
리기, 단체전으로 기마전, 모래주머니로 종이 박 터뜨리기,

줄다리기, 오백 미터 계주, 천 미터 계주 등 다양한 시합이 전개되고, 이어서 어른들의 씨름판, 줄다리기, 천 미터 계주 등 다양한 경기가 진행되고

마지막으로 글짓기 대회가 있어서 장남 용이가 참여하여 잔디위를 나르는 방아깨비를 보고 시 한편을 지었다.

"방아깨비"

방아깨비가 헬리콥터처럼 난다
타 타 타... ...
황금벌판에 물보라를 일으킨다

커다란 투구를 쓴 방아깨비들,
양털구름으로 밧줄을 꼬아
하늘기둥에 방아를 매달고

녹색 치마저고리
긴 발 높이 쳐들어
햅쌀 방아를 찧는다

시집간 딸이 그리워
손발이 부르트도록 밤새우는
선들마을 외할머니를 닮은 방아깨비

운동회가 끝나고 커다란 솥단지, 양은 냄비 등이 상으로 주어지며 모든 구경꾼들이 한 마음이 되어 화목을 다지는 하루가 되었고, 박정심도 모처럼 우울한 날을 벗어나 즐거운 하루가 되었다.

주음저수지의 홍련

박정심은 스스로 노력해서 최초로 구입한 보성강 옆의 정지내란 지역에 있는 논을 무척 자랑스러워하며 자주 찾아가서 논일을 하였다.

논에 가려면 장남인 용이를 데리고 보성 경찰서 앞에 있는 집에서 출발하여 보성 군청을 지나 부평동 고갯길 까지 오리쯤 걸어가고, 거기서 주음저수지를 지나 논까지는 십여 리를 더 가야했다.

그렇게 먼 길을 무거운 농기구를 리어커에 싣고 부평동 고개를 넘어서 아침 일찍 논으로 나가 한낮이 지나도록 여름철에 논바닥을 한가득 차지하고 있는 피와 잡초를 뽑고, 점심때가 한참 지나서 고픈 배를 움켜쥐고 집으로 출발을 하였다.

논에서 좁다란 농로를 벗어나 버스가 다니는 자갈이 깔린 신작로 길을 따라 오리쯤 갔더니, 주음저수지에서 홍련이 한가득 피어 얼굴을 내밀고 있었다.

1970년대 초반에도 용문리 주음저수지에는, 변함없이 커다란 우산 같은 홍련의 잎들이 넓은 저수지를 덮고 있었고 그 사이로 붉은색을 띤 홍련들이 피어나고 있었다.

컴컴한 밤하늘 아래서 꽃망울을 내밀고 있던 홍련은, 여명이 물들어 오고 일출이 밝아오면서 꽃잎을 피우기 시작하더니 해가 어느 정도 올라오니 활짝 피어나기 시작 하였다.

주음저수지 옆에 살고 있는 친구 이경로의 말에 의하면, 우리나라 토종 연꽃은 고려시대에는 아라왕궁지 옆 가야리 일원의 천연늪지에도 연꽃단지가 있었고, 경주 안압지 에도 우리나라 토종품종인 신라시대 연꽃이 있었다고 한다.

"주음저수지 홍련은 오백년 전쯤 주음저수지가 만들어졌고 그 이후에 홍련이 번성하기 시작하였던 것으로 추정 되고 있다"고 하였다.

그런데 보성 주음저수지의 홍련은 다른지역과 멀리 떨어져 있어서 그런지,우리나라 고유한 유전인자를 잘 지켜내려오고 있어서 다른 지역의 홍련과 다르게 색깔이 우수하고 예쁘다고 평이 나 있었다.

그래서 전국에서 구경 오는 사람이 많았고, 여름철에는 토란잎처럼 넓은 연꽃잎을 꺾어다가 잘 씻어서 그 안에 쌀을 씻어 넣고 사각으로 포장을 한 후 흩어지지 않도록 실로 묶어서 솥 안에 차곡차곡 쌓아놓고 불을 때서 익혀가지고 향기로운 연밥을 만들기도 하였다.

그리고 늦은 가을이 오면 마을 사람들이 저수지 물을 빼고 나서 연뿌리를 캐내서 나누어 가지고, 음식으로 만들어 먹고, 남은 것은 장에 내다 팔았다고 한다.

어머니가 "쉬어갈 겸 예쁘게 핀 연꽃을 구경하고 가자"고

하여 연꽃 밭을 구경하면서 박복한 어머니를 위해 홍련을 주제로 시를 한 수 지어서 들려드리며 위로해 드렸다.

"주음 저수지에서"

주음저수지에 피어난 홍련
온 우주에 부처님의 탄생을 알린다

일림산의 정기를 받아
보성강이 잉태한 주음저수지

홍련은 노란 여의주를 물고
뿌리를 내린다

때론 커다란 우산을 쓰고
물방울 염주를 굴린다

우주의 계란을 거꾸로 세워놓은
갸름한 얼굴,

붉은 연지로 청순한 마음을
표출 한다

진흙탕 속에서도 토실토실한 뿌리를
키워내어 인연의 소중함을 이어주고

부처님의 대자대비를 일깨워 주는
주음저수지에 피어나는 홍련의 미학

 다음으로 정성을 가지고 돌보는 밭 다섯 마지기는, 보성읍
옆에 높다랗게 솟아난 산위에 있는 순국비 고개를 지나서 용
문리 쪽으로 내려가면 활쏘기 연습장이 있는 언덕아래 있었
다.
 밭에는 봄이오면 옥수수와 감자를 심어서 여름이 되면 수
확을 하였고, 감자 수확이 끝나면 고구마를 심어서 수확을
한 후에 가을이 오면 보리를 심는 등 일 년 내내 밭을 놀리
지 않고 계속적으로 작물을 심으며 농사를 지었다.
 봄부터 늦은 가을까지 박정심은 혼자서 일을 하면서 장남
인 용이가 학교에서 수업을 마치고 귀가하면 "책가방을 집에
놓은 즉시 밭으로 와서 어머니를 도와 달라"고 하였다.
 박정심은 첫딸과 둘째아들은 광주로 학교를 보내면서 장
남인 첫째아들인 용이는 초등학교에 다니는 어린 나이 때부
터 어머니 말을 잘 듣고 불평을 하지 않았으므로 부려먹기가
쉬워서 인지, 아니면 아버지인 이재석이 "장남은 본가를 지

키면서 부모님을 모시고 가족들을 돌봐야한다"는 말에 젖어서인지 모르지만, 고등학교도 보성에서 보내면서 머슴처럼 부려먹었다.

그러니 나머지 육남매는 어머니를 불쌍하게 여긴다든지, 너무 일을 많이 하니 좀 도와드려야겠다는 생각은 조금도 하지 않고, 심부름도 해주지 않으며 무사안일하게 살아가고 있었다.

감자가 보랏빛 꽃을 피우며 수확 철에 접어들자, 박정심은 감자를 캐려고 장남 용이를 데리고, 도시락을 준비해서 이른 아침부터 밭으로 향했다.

오후 늦게 감자 캐기가 끝나서 가마니에 담아보니 어린나이의 용이가 지게에 지고서 집에까지 가기에는 너무 무거운 무게이지만, 무리해서 지고 가다가 높은 순국비 고개에서 발이 미끄러져 지게를 진체로 십여 미터의 낭떠러지로 굴러 떨어지면서 심한 충격에 정신을 잃었다.

삼십 여분이 흐른 후 정신을 차려보니, 용이는 어머니가 지게를 벗겨서 언덕 밑바닥에 눕혀놓고 울고 있었고, 사고소식에 여러 사람이 달려와서 감자와 용이를 각각 다른 사람의 지게에 나누어지고 집에 데려다주었다.

병원에 데리고 갈 생각은 엄두도 못 내고, 용이를 안방의 아랫묵에 눕혀놓고서 불을 때서 방바닥을 따뜻하게 덥혀 주었다.

　오일동안을 꼼짝도 못하고 누워 있었지만, 남매들은 누구 하나 다친 사유를 물어 보거나 걱정을 해주는 애들이 없었다. 가족들 때문에 크게 다쳤는데도 조금도 관심이 없었다.

　추석이 며칠 남지 않은 어느 날 박정심은 용이를 불러서 "외할아버지 제사를 모시러 가자"고 하였다. 어머니 박정심은 해마다 아버지인 박중양의 기일이 다가오면, 슬픈 마음을 달래려고 그런지, 다른 일은 팽개치고 장남인 용이 하나 만을 데리고 다녔고 혹시나 바쁜 일로 박정심이 제사에 참석하지 못할 때에는 용이에게 "혼자 다녀오라"고 하였다.

　며칠 후 추석이 다가 오자 추석맞이를 위해 팥을 넣은 찰밥을 만들이 일부는 추석 날 아침 식사용으로 하고, 나머지는 주먹만 한 크기로 둥글게 뭉쳐서 김을 겉에 덮은 "해우 찹쌀 밥"을 여러 개 만들어 커다란 광주리에 넣어서 장독위에 올려놓고 밤이나 낮이나 대문을 열어 두었다.

　그리고 고사리나물 등 여러가지 나물과 고기반찬, 수증기에 찐 생선, 콩나물 등으로 끓인 국을 올려놓은 상을 차려 장독대위에 올려놓았다.

　이는 배고픈 사람들이 누구든지 얼굴을 보이지 않고, 아쉬운 소리도 하지 않으면서 살짝 들어와서 가져다 먹고 힘을 내서 살아가라는 조상들의 지혜였던 것 같았다.

추석날 밤이 되면 논과 밭에 커다란 달집을 지어 놓고서, 마을 사람들이 하얀 치마저고리로 옷을 갈아입고 모두 모여서 보름달, 강강술래 등의 노래를 부르며 서로 손에 손을 잡고 둥글게 늘어서서 원을 그리며 팔딱팔딱 뛰어다니며 강강술래라는 놀이를 즐겼다.

한쪽에선 아이들이 깡통의 여러 군데에 못으로 구멍을 뚫고, 그 안에 지푸라기나 나무에 불을 붙여 넣어두고 긴 끈을 매달아 빙글빙글 돌리면서 뛰어다니면서 쥐불놀이를 하였다.

청년들은 패를 지어서 다른 마을로 쳐들어가서, 그 마을 청년들과 널따란 강이나 논밭을 사이에 두고 돌팔매질을 하여 열세인 쪽이 달아나면 이긴 쪽에서 함성을 지르며 승리를 자축하였다.

이러한 마을대항 돌팔매질 싸움은 옛날부터 나라를 지키는 방법으로 마을마다 힘을 키우고 전시에 활용하기 위하여 나라에서 장려하여 전통적으로 내려왔던 것 같았다.

이렇게 박정심은 돈을 모으기 위해 논밭에 가서 하루 종일 일을 하고, 시간이 나면, 남의 논밭일이나 잔치음식 만들기 등 온갖 허드렛일을 해주고 있었다. 그러나 남편 이재석은 그동안 모아왔던 돈을 형들을 위해 허비해 버리고도 반성

하는 생각을 하지 않고, 예전같이 도시로 나가 일확천금할 생각에 가득 차 있었다.

이러한 허황된 생각 때문에 나이 오십에 다니던 양조장을 그만두고 주막을 차릴 계획을 세웠다.

이재석이 "주막을 내겠다"고 하니 박정심이 "절대로 안 된다"고 하자, 박정심이 모르게 주막을 내려고 양조장을 그만두고 퇴직금을 받아서, 객지를 떠돌면서 술장사를 하여 돈을 버는데 매우 뛰어나다고 소문이 나있는 정양자(일명 정마담)와 의기투합하였다.

주막을 차리는 계획은, 보성 읍네 변두리에 있는 삼거리에다 주막을 내기로 하고 주막구입 및 운영비는 이재석이 내어주고   운영은 정양자가 하기로 하고, 정양자의 요구에 따라 계약금으로 이재석이 삼십년을 공장장으로 근무한 퇴직금으로 받은 오십 만원(현재 가치로 오천만원 상당)을 정양자에게 건넸다.

그리고 나서 일주일이 지나도 정양자가 보이지 않아서 이곳저곳을 수소문해서 알아본 결과, 얼굴이 예쁜 정양자는 주위에 많은 남자들을 거느리고 그중에서 돈이 많은 사람들을 골라서 애인으로 삼고서 같이 살자고 유혹하여 걸려들면 집도사고 살림살이를 살 돈을 몇 번이고 요구하였다고 한다.

더욱 놀라운 이야기는, 충청도 모처에 실제적인 남편과 자식이 넷이나 있었으면서도 "결혼을 한 번도 하지 않았다"고 거짓말을 하면서 교태를 부리니 넘어가지 않은 남자가 없었다고 하였다.

남의 여자를 별로 많이 상대해보지도 못한 이재석은 중매쟁이가 정영자는 매우 예쁘고 장사수완이 뛰어나서 돈을 많이 벌어드리며, "상대가 부인이 있더라도 괜찮다" 한다고 하는 말에 속아서 가진 돈을 모두 투자하였던 것이다.

이재석이 계약서도 없이 이렇게 많은 돈을 선뜻 내놓은, 것은 정양자가 온갖 감언이설로 "같이 동거를 하며 돈을 벌자"고 꼬여내었고 이재석은 귀가 얇아서 다른 사람이 거짓말을 하면 잘 속아 넘어가는 사람이었기 때문이었다.

이렇게 퇴직금으로 받은 돈을 모두 날리고 며칠을 방황하고 있을때, 이를 수상히 여긴 박정심이 "어찌된 일이냐?"고 꼬치꼬치 물으니 하는 수 없이 자초지종을 털어 놓았다.

또다시 박정심은 억장이 무너져서 자리에 주저앉아 땅을 치며 통곡하였으나, 부인에게는 염라대왕처럼 무섭게 대해왔던 이재석은 모르는척하며 슬그머니 자리를 피해버렸다.

박정심은 식음을 전폐하고 하루 종일 울고 있었으나, 음식을 가져다주거나 위로를 해주는 일가친척이나 가족들은 아무도 없었다.

이재석은 양조장을 그만두고 부인 박정심이 혼자서 손발이 다 닳도록 일을 해도 모르는 척하면서 새로 산 자전거를 자가용인양 타고서, 이 동네 저동네로 놀러 다니는 비정한 남편 이었다.

동네에서 잔치를 벌이는 집은 물론이고, 바둑이나 장기를 두는 곳 등 놀이가 벌어진 곳은 어디든지 찾아다니며 놀이에 빠져서 해가지는 지도 모르고 하루 종일 밖에서 지냈다.

하루 종일 논에서 일을 하고 돌아와 애들에게 밥을 챙겨주고 있던 박정심이 해가진후에 돌아온 이재석에게 "논밭일이나 집안일은 하나도 도와주지 않고, 어디서 무얼 하다가 이제 집에 돌아왔느냐?"고 묻자, 이재석은 "나는 남자이고 가장이니 어디서 무엇을 하다왔던 묻지도 말고 관여하지도 말라"고하며 오히려 화를 내니, 박정심은 기가 막혀서 아무 말도 못하고 밖으로 나와 울기만 하였다.

이렇게 삼년이란 세월이 지난 후, 이재석은 그 시절에 국가의 장려정책으로 널리 유행하던 명주 베를 생산 하는 잠업사업의 기초인 뽕나무 묘목을 재배해서 팔아가지고 많은 돈을 벌어보고 싶어 하였다.

뽕나무 묘목을 재배하는 일은, 먼저 사양토 즉 모래가 팔십 프로이상 차지하여 물 빠짐이 좋은 땅에 다섯 자 정도의 넓이에 한자정도의 높이로 상판을 만들었다.

그 상판위에 참깨보다 더 작은 재래종 뽕나무 씨앗을 모래와 섞어서 씨를 뿌린 후에 가는 모래로 덮어주고, 싹이 나서 자라가지고 뽕나무의 직경이 한 치 정도로 자라면, 따뜻한 봄날을 택해서 어린뽕나무를 땅에서 한 치정도의 높이만 남기고 잘라 버린 후에 그 자리에다 접을 붙였다.

그 당시에 접을 붙일 때 쓰는 새순은 산상, 백상, 노상 등 생장이 빠르면서도 병충해와 수확량이 많도록 개량되어 나온 우수한 뽕나무의 여러 가지 품종 중에서 그 지역의 풍토에 적합한 품종을 골라서 붙였다.

이렇게 접을 붙이고 접을 붙인 자리를 비닐로 꽁꽁 싸매두면 서로가 한 몸이 되어 우수한 품종의 뽕나무가 만들어져, 생장이 빠르면서도 수확량이 높아져서 많은 뽕나무가지를 낫으로 베어다가 누에에게 먹이로 줄 수 있었다.

즉, 많은 누에를 기를수록 누에고치가 많이 생산되었다. 누에고치가 완전하게 자라면, 끓은 물에다가 담가놓고 끓이면서 맨 마지막에 감긴 실을 찾아내어 고추의 실이 모두 벗겨지고 누에가 나올 때까지 실을 뽑아내어, 통풍이 잘되고 보관하기 편리하게 물레를 돌려서 뽑아낸 명주실을 감아두었다.

며칠 동안에 누에고치에서 실뽑기를 신속히 마쳐야하고, 실뽑기가 늦어지면 고치 속에 들어있는 누에들이 나방이 되어 알을 날리려고 고치를 갉아내어 구멍을 만든 후에 밖으로 나와 버려 고치에서 실을 뽑을 수 없게 만들어 버렸다.

이렇게 누에고치에서 명주실의 생산이 끝나면 잘 말린 명주실로 팔아버리던지 아니면 명주실로 인견을 짜서 팔았고, 국가에서도 비싼 가격에 사가지고 수출을 하였기에 일 년 동안에 많은 돈을 벌수 있었다,

많은 사람들이 너도 나도 양잠사업에 뛰어들었고, 그 당시에 유행하는 사업이 되어 판로도 좋았다.

그러나 퇴직금을 모두 빼앗기고 빈털터리가 된 이재석은 자본금을 마련할 방법이 없어서, 박정심에게 "모아놓은 돈을 꾸어주면 뽕나무를 키워서 팔아가지고 큰돈을 만들어 주겠다"고 유혹하였으나, 이재석이 실패할 것을 누구보다 잘 알고 있는 박정심은 "돈이 한푼도 없다"고 하면서 절대로 빌려주지 않았다.

며칠을 고민하던 이재석이 혼자서 높은 봉화산을 넘어서 형님들이 살고 있는 동막 마을로 찾아가서 형님들에게 "뽕나무를 재배해서 파는 사업을 하고 싶은데 돈이 없으니, 전에 사 주었던 논을 팔아 가고 후일에 돈을 많이 벌면 다시 사 주겠다"고 하였다.

그러자 형님들이 "한번 사주었으면 그만이지, 이제 와서 팔아 가겠다는 것이 웬 말이냐"고 화를 내면서 못 팔아주겠다고 하자, 이재석이 며칠을 머물면서 갖은 방법으로 사정을 해보았으나, 형님들은 허락을 하지 않으면서

"만약에 자기들 몰래 논을 팔아버리면 논을 구입한 사람들이 농사를 지을 수 없게, 온 식구들이 팔려버린 논에 들어가 드러누워서 꼼짝도 하지 않겠다"고 동네방네에 소문을 내 놓으니, 아무리 헐값에 논을 내 놓아도 사겠다는 사람이 나타나지 않았다.

이재석이 설날에도 눈이 높이 쌓인 봉화산을 넘어와서 세배를 드리면서 그토록 극진히 모시던 형님들이었건만 형님들의 욕심 앞에서는 속수무책이었고, 화가 난 이재석이 "형님들이 이토록 무시하고 비협조적이면, 다시는 형님들을 찾아오지 않겠다"고 하였다.

이 말을 들은 형님들은 눈 하나 깜박하지 않고 "이제야 말귀를 알아 들었구먼" 하면서, 형님들도 이제는 이재석을 "더 이상 보고 싶지 않으니 빨리 없어지고 다시는 찾아오지 말라"고 쫓아내어 버렸다.

하는 수 없이 이재석이 동막마을을 나와서 깔딱 고개를 지나서 봉화산을 넘고 봉산리 논밭을 따라 읍내에 있는 집으로 가면서 돈을 구할 방법을 여러 가지로 궁리해 보았으나 좋은 방법이 떠오르지 않았다.

며칠후 이재석은 부인 박정심 몰래 집문서 꺼내가지고 사채놀이 하는 사람에게 찾아가 집문서를 맡기고 돈을 차용하여, 뽕나무 묘목을 키우는 사업에 뛰어 들었다.

그러나 이재석이 돈복이 없는지 아니면, 운이 맞지 않았는지 이재석이 뽕나무 묘목에 접을 붙여 심어놓은 해에 가뭄이 들어서 새순이 모조리 죽어버려서 큰 손해를 입어 버렸다.

이 소식을 들은 박정심은 울면서 이재석에게 "가만히 집에서 놀으라는데 말을 안듣고 일판을 벌려서 큰 손해를 보게된 것이 아니냐?"고 원망하면서 다시는 사업을 하지 말라고 신신당부하였다.

그러나 고집이 센 이재석은 이듬해 봄이 오자 아랑곳 하지 않고 또 돈을 빌려가지고 묘목을 생산하려고 접을 붙이고 잘 키워 냈으나, 그 해는 묘목을 재배하는 사람들이 많아져서 가격이 대폭락하여 버렸다.

복구할 수없는 큰 손해를 두 번 입고 면목이 없는 이재석은 또다시 객지로 나가 버렸는데, 사채업자가 찾아 와서 박정심에게 채무를 상환하여 줄 것을요구 하였으나 지정 기일내에 빚을 갚지 못하자 집을 빼앗아 가버려 박정심은 울면서 애들을 데리고 짐보따리를 싸가지고 조그만 셋집으로 이사를 하게 되었다.

이사 후 식음을 전폐하고 머리를 싸매고 누워 있는데 애들이 와서 하두 밥을 달라고 보채니까, 하는 수 없이 일어나서 밥을 차려준 후에 혼자서 산등부락 하얀 등대를 또다시 찾아갔다.

"아버지가 안 계셔서 이렇게 평생을 눈물 속에서 박복하게 살아가고 있다"고하며, 남편마저 인정이 없어서 말을 안 듣고 무모한 일만 벌여서 빚 만 지게 만들고, 잘살아보자고 하면 객지로 나가버리며 애들은 계속 자라나 학교도 다니게 되어 돈이 많이 들어가는데 아무런 대책도 없어서 어찌 살면 좋을지 막막하다고, 신세를 한탄 하면서 통곡을 하였다.

이때에 하얀 등대의 빨간 모자 아래에 살고 있던 각시거미가 나타나서 시를 한수 읊어주며 위로해 주었다.

"생의 길"

망망한 대해를
항해하는 돛단배

목적지에 도착하면
잘 살았으나 못살았으나
후회가 남 는다

인간의 원초적 숙명이다

각시거미가 박정심의 슬픈 마음을 위로해주고 있는 순간에도, 하얀 등대는 아무것도 모르는 척 무심하게 파도가 일렁거리는 먼 바다만 쳐다보고 있었다.

사라진 우담바라꽃

이재석의 사업실패와 집을 빼앗긴 슬픔에 눈물로 하루하루를 보내고 있는 박정심에게 그토록 구박을 하면서 오늘의 삶을 불행하게 만들었던 의붓아버지 김병만이 돌아 가셨다는 부고가 날아들었다.

　　박정심은 어머니 송화자의 슬픔이 걱정되어 하던 일을 멈추고 보성역으로 달려가서 기차를 타고 조성역에 내려서 선들부락으로 향했다.

　　의붓아버지가 싫어서 십여 년이 넘도록 발걸음을 끊었던 농로를 걸으면서 주위를 둘러보니, 깊어가는 가을의 절기에 따라 논에는 벼들이 익어가며 황금 옷으로 갈아입고 불어오는 가을바람에 따라 출렁거리며 물보라를 일으키고 있었다.

　　변해버린 것은 1980년도를 지나면서 좁다란 농로가 제법 넓어져서 다니기에 편리한 길로 변했고, 이에 따라 전에 보다 많은 우마차 들이 짐을 싣고 먼지를 일으키며 지나가고 있었다.

　　마을 입구에 들어서니 커다란 팽나무가 몸에 새끼로 만들어진 금줄과 여러 가지 색깔의 천조각을 긴 줄에 매달아 사방으로 펼쳐놓고, 잠자리 날개처럼 펄럭이며 신성한 기운을 내뿜어 마을을 지키고 있었다.

　　김병만의 집으로 향하던 발걸음이 떨어지지 않아 팽나무 밑에서 잠시 앉아 있는데, 의붓아버지와의 악연이 꼬리를 물고 주마등처럼 스쳐갔다.

어머니 송화자가 박중양을 향한 그리움이 우울증으로 변하지 않았다면, 김병만에게 재가를 하지 않고 박정심을 데리고 산등부락에서 하얀 등대와 이야기를 나누면서 행복하게 살았을 것이라는 생각도 들었고

어머니 송화자가 욕심 많고 친자식만 중히 여기는 김병만에게 재가를 하지 않고 마음씨 착하고 의붓자식도 친자식처럼 생각해주는 마음씨 좋은 의붓아버지에게 재가를 했더라면, 박정심이 좋아하는 학교에도 보내주고 공부를 시켜서 좋은 신랑에게 시집을 보내주어 "평생을 가난 속에서 허덕이며 많은 고생을 하지 않았을 텐데" 하는 생각도 들었다.

아무리 생각해 보아도 왜 이렇게 힘든 삶을 살아가야만 했는지, 해답을 구할 수 가없어서 한참을 앉아 있다가 땅거미가지고 어둑어둑 해질 때 김병만의 집으로 들어섰다.

박정심이 나타나자 어머니 송화자가 뛰어나와 딸을 붙들고 통곡을 했지만, 박정심은 어머니의 서러운 마음이 무엇인지 몰라서 멍하니 서 있는데, 의붓아버지의 집안일을 도와주고 있던 옛날 하인 할머니가 나와서 인사를 하며 안내 해 주었다.

박정심은 하인 할머니의 안내를 받아 뒷방에 마련된 상복

으로 갈아입고, 의붓아버지에게 하직 인사를 드리려고 제각이 있는 방향으로 발걸음을 향했다.

넓은 마당의 한 쪽에 커다란 제각을 만들어서, 제각내부의 맨 뒤쪽에 관을 놓고, 관 앞은 커다란 병풍을 둘러 가리막을 만들어 놓았다.

그리고 그 앞에 높은 단을 설치한 후에 단 위의 맨 뒤쪽에 김병만의 사진을 놓고, 그 옆에 지방을 써서 붙여놓았으며, 그 앞에는 향을 피우고, 떡, 과일, 생선, 육고기, 식혜, 국과 밥을 차려놓았다.

단 앞에서는 상주들이 곡을 하거나 조문을 온 조문객들이 인사를 드리고 있었으며 제각 앞마루에는 집사가 앉아서 조문 온 사람의 명단과 부의금을 치부책에 적고 있었다.

의붓아버지 김병만의 문상이 끝나고 뒷산에 마련된 산소를 향해 출발 하였다, 부자답게 상여는 하얀 꽃을 매달고 커다랗게 만들어 장정들 이십여 명이 어깨에 메고 출발하였다.

상여위에는 길을 안내하는 상두가 풍경을 흔들며 상여소리를 크게 외쳐서 힘을 돋구어주고, 상사소리 사이사이에 상여를 매고 가는 상여꾼들이 합창으로 화답하며 맨 앞에서 걸어가고, 상여 뒤로 송화자, 박정심 등 직계가족들이 지팡이를 짚은 체 상복을 입고 곡을 하면서 뒤 따르고, 그 뒤로 망자의 극락왕생과 명복을 비는 각종 시와 글을 쓴 각양각색의 만장을 들고 많은 사람들이 상여를 따라가고 있었다.

부잣집 김병만의 상여가 나가기 때문에 동네 사람은 물론이고 여러 마을에서 사는 사람들도 구경을 와서, 수많은 사람들이 상여 뒤를 따르면서 산소를 만들 곳을 향해 걸어갔었다.

한참을 가다가 마을 어귀에서 상여를 내려놓고 영좌를 설치하여 마련해온 각종 음식을 상에다 차려놓은 다음, 조전자가 분향 후 술을 올리고 제문을 읽은 후 모두 두 번 절을 하는 노제를 지냈다.

노제는 마을입구나 친척집 앞을 지나갈 때에는 꼭 지냈고, 상여가 개울이나 언덕을 만나서 상여꾼들이 힘이 들 때 잠시 멈추어 서있으면 이때마다 유족들이 상여꾼들에게 술값이나 담배 값을 주었다.

이러한 노제를 지내는 풍습은 유교적인 영향도 있지만, 잘사는 부자들이 가난한 사람이나 이웃을 돕기 위하여 전통으로 만들어 내려와 미풍양속으로 자리 잡혀 왔던 것 같았다.

묘지에 도착하여서, 먼저 묘지가 있는 산신께 돌아가신 분을 오늘부터 맡기니 잘 돌봐주시라는 산신제를 지내고, 다음에 산소에서 잘 지내시고 극락왕생하시라는 제사를 지내고 난후에, 상여와 만장 등을 태워서 뒷마무리를 하고 나서 집으로 돌아왔다.

집으로 돌아 온지 사십구일이 되어서, 망자의 영혼이 다른 나쁜 영혼들에게 현혹 되어 좋은 길로 가지 못하고 구천을 헤매며 방황하지 말라고, 사십 구제를 지내주기위해 절로 향했다.

박정심도 이승을 떠나는 의붓아버지에게 마지막 인사를 드리려고 사십 구제에 참석 해서 주지스님의 축원을 듣고 있는데, 며칠 전에 용이가 들려주었던 중천이란 시가 생각나서 인생무상을 느끼며 가만히 되뇌어 보고 있었다.

"중천"

음습한 물안개 사이로
사막처럼 끝없이 펼쳐져있는
일곱 개의 잿빛 구름장벽

원한에 사무친 영혼들이
구름의 그물망에 갇혀
지상과 천상 사이에 매달려있다

이승에서 쌓인
시리도록 아픈 상처,

몸부림치는 고통의 시간들

하나의 관문에 이레 동안 머물며
하얀 영혼으로 표백 될 때까지
잉태된 악연의 씨앗을 씻어낸다

환생을 위해 천상계단을 오르거나
천인으로 남기위해 기억을 지우고
또 다른 태를 찾아 길을 떠나간다

며칠 후면 추석이라 모처럼 보성에도 커다란 장이 열려서 박정심도 추석장을 보러가려는데 의붓아버지의 상을 치른 어머니 송화자가 소식도 없이 나타났다.

참으로 반가워 인사를 나누고 두 모녀는 같이 장을 보러 가서, 장터를 이곳저곳 돌아다니며 서로가 필요한 것을 구입 하면서 모처럼 누구의 눈치를 보거나 걱정을 하지 않고 즐겁 게 이야기를 하며 걸어가고 있는데, 송화자가 "옛날부터 꼭 사주고 싶었던 것이 있다"면서 신발가게로 데리고 갔다.

신발가게에 들어서자, 여러 가지 신발 중에서 빨간 복사꽃 이 그려진 하얀 고무신을 사주면서 "진즉 사주었어야하는데 엄마가 무능해서 사주지 못해 미안하다"고 눈물을 흘렸고 박 정심도 따라 울었다.

그 후 한 달에 두어 번 씩 장날이면 송화자의 뒤뜰에 심어져 있는 감, 배, 살구, 유자 등 과일을 따다주거나 콩, 팥, 조 등 곡식들을 가지고 박정심을 찾아와 늦게까지 놀다갔다.

또다시 몇 년이 흐른 후 박정심은 그동안 허리띠를 졸라매고 절약하여 모은 돈으로 예전에 살던 집보다는 적으며, 보성읍 변두리에 있는 집을 다시 구입하였다.

그 집의 옆에는 넓은 대지를 가진 보성향교가 자리 잡고 있었고, 향교의 앞마당에는 오백년이 족히 넘었을 커다란 은행나무가 자라고 있었다.

울타리로 심어진 가죽나무는 가느다란 몸매에 키만 훌쩍 자라서 백여 척에 달하고 있었고, 하늘로 올라가기를 좋아하는 하늘타리는 키다리 가죽나무를 끝없이 타고 오르며, 주먹만 한 크기의 노란 하늘수박을 매달고 바람에 춤을 추며 아름다움을 자랑하고 있었다.

집 뒤의 오십여 평 남짓한 텃밭에는 가을 김장용 결구배추가 심어져 있었고, 수확이 가까워진 배추는 임신한 여인처럼 뚱뚱하게 배를 내밀고 자태를 자랑하고 있었다.

오랜만에 살아갈 집을 다시 마련한 박정심은 "태어나서 가장 기쁜날 이다"고 하면서, 먼저 간단한 제사상을 차려서 안방과 부엌, 장독대 앞에 두고 성주신에게 "애들이 모두 건강하게 잘되고, 집안에 액운이 들어오지 못하게 하고 복만 가져다 주십시요" 하고 수없이 빌었다.

그런 후에 시루에다 시루떡을 한가득 쪄가지고 이웃집들에게 나누어 주면서 "사이좋게 잘 지내자"고 인사를 하였고, 이웃들도 반갑게 맞아 주었다.

박정심이 모처럼 편한 마음으로 며칠을 보내고 있는 어느 날 밤에 갑자기 객지를 떠돌고 있던 이재석이 나타났다.

돈을 한 푼도 못 벌었는지, 아니면 모두 써버렸는지 모르지만 떨어진 옷을 입고 거지같은 형색으로 들어와서는 어떤 설명이나 사과도 없이 안방을 차지하고 주인행세를 하기 시작했다.

그 후 이재석은 박정심에게 "돈을 달라"고 하여 매일 매일 신사차림으로 단장한 후 자전거를 타고 판소리를 가르치는 정소민 여선생 집으로 달려가 판소리를 배우기 시작하였다.

판소리는 소리꾼 혼자서 하는 것이 아니고 가르쳐주는 선생과 북을 쳐주는 고수가 있어야만 해서 시골에서는 학비가 많이 든다고 하여 선뜻 배우는 사람이 없었는데, 이재석은 박정심의 반대에도 불구하고, 무리한 사업을 두 번씩이나 벌여서 집까지 팔아먹고도 아무렇지도 않은척 하며 미안하다는 사과 한마디 없는 인간이었다.

소리꾼 이재석의 말에 의하면 "우리나라의 판소리는 조선 후기 영조 재위기간부터 시작되었거나, 그 이전부터 전국을 누비며 굿판을 벌여온 광대 집단이나 무당이 굿을 할 때 쓰였던 노래에서 착안하여 유래 되었다"고 한다.

그리고 보성의 판소리가 세상에 알려지고 발전하기 시작한 시기는, 전북 순창에서 태어났던 박유전 명창이 보성 강산마을로 이주를 해 와서 서편제를 창시하면서 부터라고 하였다.

이후에 판소리가 점점 발전하여 동편제와 서편제의 장점을 조화시켜 강산제를 만들었다고 하고, 현재는 보성군 회천면 영천길 9번지에 "판소리 성지"를 만들어 강산 박유전 명창을 비롯해서 정재근 명창, 정응민 명창, 조상현 국악인 등 서편제의 명창을 알리고 있으며 이러한 여러 선생들의 업적에 힘입어 판소리가 "유네스코 세계무형유산"으로 등재되었다고 하였다.

보성군에서도 매년 10월에 "서편제보성소리축제"를 개최하여 정통 판소리문화의 계승과 대중화에 기여하여 왔기에, 예전부터 많은 사람들이 소리축제에 나가서 소리도 뽐내고 입선도 해보려고 마을마다 소리선생을 두고 틈틈이 소리공부를 해왔다.

특히 방랑벽이 있고 한량기가 있어서 놀기를 좋아하는 이재석은 논밭일, 집안일, 애들의 학비를 버는 일 등 모든 일은 마누라인 박정심에게 맡겨놓고 아침에 식사를 마치자마자 판소리를 배우러 가버렸다.

혼자서 모든 일을 도맡아서 하면서, 너무도 고달픈 박정심이 조그만 일을 도와 달라고 몇 번이나 사정을 해도 이재석은 귀신에게 홀린 사람인양 들은척도 하지 않고 돈만 **뺏어갔**다.

이재석이 판소리를 배우러 나간지도 3년이 지났고, 보성 판소리 대회에 출전하여 입선을 하고 동 매달을 받은 뒤로는 더욱 기고만장하여 박정심이 어떻게 살아가든지 관심이 없었다.

하루는 어머니 송화자가 보성 장을 보러 나왔다가 박정심의 집에 가보니 이재석은 외출하고 없는데, 딸 박정심이 일에 지치고 배고픔을 견디다 못해 부엌에 쓰러져 있었다.

어머니 송화자가 박정심을 억지로 병원으로 데려가서 진찰을 받아보니 만성빈혈이라는 진단이 나왔다. 의사 선생님은 "병원에 입원해서 치료를 받으면서 일주일 정도 안정을 취하라"고 하였으나, 박정심은 "논일이 바빠서 퇴원을 하여야겠다"고 통사정하여 겨우 집으로 돌아왔다.

며칠 후 장모인 송화자가 이재석을 불러 앉혀놓고서, "박정심이 너무 많은 일을 혼자서 하느라고 만성빈혈이 왔으니,

사위인 자네가 마누라 대신 일을 해주고 당분간 마누라는 몸을 추스르며 쉬게 해주는 것이 좋겠다"고 말을 하였지만, 이재석은 못마땅하다는 표정을 짓고 아무 말도 하지 않은 채 집을 나가버렸다.

이렇게 박정심만 머슴 부리듯이 일을 시키면서 이재석은 전국의 판소리대회에 참석하려고 전국을 다니면서 판소리를 부르고, 제법 잘 불렀는지 입선도 몇 차례하고 매달도 몇 개 따가지고 의기양양하였다.

1990년도 봄의 끝자락이 왔을 때, 논에 심어놓은 모를 돌보려고 논으로 가고 있던 박정심이 부평동 고갯길에서 쓰러져 버렸다. 지나가던 마을 사람이 발견하고 집으로 업어다 아랫목에 눕혀 놓았으나 꿈쩍도 않고 누워 있었다.

깜짝 놀란 장남 용이가 아버지를 찾아가 "어머니가 이상하다고 병원으로 모시고 가자"고 이야기 했으나 이재석은 들은 척도 하지 않으며, 원래부터 "어머니는 만성빈혈증이 있어서 그러니 가만히 눕혀 놓으면 괜찮을 거라고, 가만히 두고 기다리라"고 하였다.

오일이 지나서 박정심이 오른쪽 어깨가 아프다고 하여 장남 용이가 주물러 드렸으나 차도가 없고 오히려 온몸이 추워 온다고 하여 어머니를 업고서 병원으로 가서 의사한테 진찰을 받아보니 "아무래도 중풍이 온 것 같다"고 하면서 빨리 어머니를 모시고 광주에 있는 대학병원으로 가야한다고 하였다.

하는 수 없이 용이가 혼자서 택시를 불러가지고 어머니를 태워 광주에 있는 대학병원에 입원을 시키고 진찰을 받아보니 "뇌출혈이 왔는데, 너무 늦게 병원에 와서 수술을 받을 기회를 잃었기에 앞으로 예전같이 걸어 다닐 수는 없을 것이고 잘하면 지팡이를 짚고 다녀야 할 것이니, 마음에 준비를 단단히 하고 집으로 모시고 가라"고 하였다.

택시를 타고 보성에 있는 집으로 돌아온 박정심은 자리에 누워서 꼼짝도 못하고 있어 용이가 쌀죽을 써다가 억지로 먹였으나 몇숟갈을 뜨면 먹지 못하고 그대로 몇일간 잠만 자고 있었다

남편인 이재석은 마누라의 치료는 아랑곳 하지 않고 광주에서 판소리대회가 있어 준비를 하기위해 "소리를 가다듬으려 지리산으로 떠난다"는 말을 남기고 집을 떠나갔지만 열흘이 넘도록 아무런 소식조차 없었다.

일주일동안 누워있던 박정심이 정신이 들었는지, 장남 용이를 부르더니 논에 가서 피도 뽑고 일을 해야 하니 일으켜 새워 달라고 하여 일으켜 새워보니 나이어린 어린아이처럼 몇 번이고 넘어졌다.

나중에는 "안되겠다" 고 하면서 "지팡이로 쓸 막대를 하나

꺾어다 달라"고 해서 울타리에 있는 노간주나무를 베어서 지팡이를 만들어 갖다드리니, 지팡이를 짚고 일어서지 못하고 몇 번이고 넘어지더니 하는 수 없이 용이에게 "일으켜 세워 달라"고하여 용이가 부축해주니 몇 번을 주저앉다가 지팡이를 짚고 간신히 일어섰다.

일어서자마자 박정심은 "논에 가 봐야한다"고 하면서 용이에게 부축을 해달라고하면서 마당을 걸어가더니 몇 걸음 못가고 주저앉아서 엉엉 울기 시작하였다.

며칠 동안을 지팡이를 짚고도 혼자 걷지 못하고 용이에게 "부축하여 달라"고 하여 걸음 걷는 연습을 하더니 차츰차츰 걷는 거리를 넓혀 가기 시작하였다.

조금 걸을 수 있게 되자 박정심은 용이를 불러 논에 가보고싶다고 "같이서 가자"고 하였으나, 용이 생각에는 그렇게 먼 시오리 길을 불구의 몸으로 걸어간다는 것은 무리라고 판단되어 곳간에 있는 리어카를 꺼내서 어머니에게 타라고 말씀드렸더니, 자존심이 센 어머니는 남들이 보면 어머니가 병신이 되었다고 흉을 볼 것 이라고 하시면서 "천천히 걸어서 가겠다"고 하였으나, 용이가 "걸어서는 도저히 못가니 자전거 뒤에 타고 가보면 어떻겠느냐?"고 물어보았더니 "그렇게는 하겠다"고 하여, 어머니를 자전거 뒤에 태우고 논으로 향했다.

논에 박정심이 도착하자, 누렇게 익어가던 벼들이 며칠 못

본 엄마를 만난 아이들처럼 서로 먼저 품에 안겨 보려고 가을바람에 물결을 치며 박정심에게 달려오며 인사를 하였고, 박정심도 몇 년 만에 만난 자식들을 본 것처럼 반가워하였다.

멀리서 이 모습을 지켜보고 있던 용이도 {어머니는 가족들의 사랑을 뛰어 넘어 더 큰 사랑으로 수많은 들판의 자식들을 기르고 있었기에, 어떠한 어려움도 견디어 내며 눈물의 세월을 극복할 수 있었다}는 것을 비로소 깨닫게 되었다.

며칠 후 어머니는 "고구마가 얼마나 자랐는지 궁금하다"고 밭에 데려다 달라고 하여 용이가 자전거에 태워 순국비 언덕을 넘어서 밭에를 가보았다. 밭에서는 고구마 순들이 길바닥까지 점령해 버릴 기세로 무성하게 자라서 온 밭을 녹색의 바다로 만들고 있었다.

어머니는 밭두렁에 앉아서 한참을 들여다보며 "이제는 이 에미가 찾아오지 않아도 너희들끼리 잘 살아 갈 수 있겠구나, 힘을 내서 잘 살아라"고 말씀하시는 것 같았다.

박정심이 쓰러졌다는 소식을 들은 어머니 송화자가 한달음에 달려와서 박정심이 걷는 모습을 보고 깜짝 놀라서 박정심을 껴안고 통곡하기 시작했고 박정심도 서러움이 복 받쳐서 함께 울기 시작하는데, 방에서 유리창 너머로 이 모습을 지켜보던 용이도 어머니의 슬픈 과거를 생각하며 소리 없이 눈물을 흘렸다.

　박정심의 걷기 운동이 끝나자, 외할머니 송화자가 뒤뜰로 용이를 불러서 "아버지인 이재석은 어머니가 쓰러진지 아느냐?"고 물어서 "말씀드려서 알고 계신다"고 말씀드렸더니 "그러면, 어디를 갔기에 보이지 않느냐, 아무리 양심이 없어도 마누라 병간호는 해야 될 것 아니냐?"고 말씀하시면서 또 울기 시작 하였다.

　송화자가 며칠간 머물자 박정심이 "산등부락 하얀 등대에 어머니와 함께 가 보고 싶다"고 하여 용이가 외할머니와 함께 어머니를 부축하여 산등부락 외삼촌의 집으로 향했다.

　외삼촌 집에를 들어서자마자 외삼촌이 깜짝 놀라며 뛰어나왔고, 이어서 외숙모와 일가친척들이 달려와서 지팡이에 겨우 몸을 의지하고 있는 박정심을 보고서, 박복한 인생을 극복하지 못하고 끝내 중풍이 와서 불구자가 되어버린 애달픈 삶을 살아온 조카 박정심을 생각하며 눈물을 흘렸고, 어머니 송화자와 박정심도 따라 울었다.

　다음날 아침이 밝자마자 박정심이 "하얀 등대에 가보고 싶다"고하여 용이가 외할머니 송화자와 함께 자전거에 어머니를 싣고 하얀 등대로 갔다.

　박정심은 하얀 등대에 도착 하자마자 울면서 등대를 껴안고 "이제는 올수가 없을 것 같다, 네가 있어서 오늘날 까지 살아올 수 있었어, 너는 항상 변함없는 나의 아버지였어, 못 보더라도 잘살아라."하고 속삭이는 것 같았다.

어머니가 아버지 박중양이 난파당한 먼 바다의 파도를 쳐다보고 있을 때, 각시거미가 나타나 빨간 모자 밑에 피어있는 곳을 가리키기에 쳐다보니 삼천년에 한번 씩 피어난다는 우담바라 꽃이 피어 있어서, 부처님께 "어머니가 남은 생이나마 행복하게 살게 해달라"고 빌면서 시를 한수 지어서 읊어 보았다.

"우담바라 꽃"

우주는 끝이 없을까
우주는 텅텅 비었을까
우주는 호리병처럼 생겼을까

항상 구름처럼 떠 있기에
항상 변함없이 떠 있기에

우주는 파란 하늘인줄 알았다
우주는 하얀 구름인줄 알았다
우주는 허공의 바람인줄 알았다

그러던 어느 날

살아오던 지구를 떠나
우주 속으로 여행을 시작하였다
돌고래가 새로운 대양을 찾아가듯
끝없이 유영해 나갔다

아무것도 없는 캄캄한 블랙홀에서
한줄기의 빛이 나타나
나를 감싸 안아 진리를 잉태하고

수 억겁세월의 깨달음을 전하며
하얀 우담바라 꽃을 피웠을까

살바람의 어머니

어머니 송화자와 함께 하얀 등대에 다녀 온지도 어느덧 일년이 지나간 1970년대 초반, 꽃피는 계절인 오월이 찾아와 봉화산을 비롯한 순국비 고개 등 모든 산들이 진달래꽃으로 뒤덮여 불이 난 것처럼 붉은색으로 갈아입고 있었다.

갑자기 어머니 송화자의 옆집에 살고 있는 만수 엄마가 허겁지겁 달려와 "어머니 송화자가 돌아가셨다"는 청천벽력 같은 소식을 전했다.

넋이 빠져서 한참동안 아무 말도 못하던 박정심이 정신을 차리고 만수엄마에게 "건강하셨던 분이 무슨 일이 있었느냐?"고 물어보니, 산등부락에 있는 하얀 등대에 다녀오신 이후로 지팡이를 짚고 다니는 박정심의 애처로운 모습을 상상하는지 매일 해만 뜨면 마을 입구에 서있는 팽나무에게 달려가서 "딸 박정심이 낫게 해달라고 점심도 거른 체 하루 종일 빌고 또 빌며 앉아 있었다" 동네 사람들이 "점심을 드시고 나오시라"고 말렸지만, 묵묵부답으로 꼼짝도 하지 않고 어두워 질 때까지 앉아만 계셨다고 하였다.

어머니 송화자는 예전부터 남편 박중양을 젊은 나이에 주검으로 내몬 것도 자신이 전생에 죄를 많이 지어서 벌을 받는 거라고 자책을 하고 있었고, 거기에다가 세 살짜리 어린애를 데리고 재가를 한 것도 자신의 잘못이라 여기고 있었다.

더욱더 자신이 잘못한 것은, 김병만 같은 욕심쟁이에게 재가를 하여 많은 재산을 빼앗겨버려, 박정심을 어렸을 때부터 부엌데기로 전락시켜 종처럼 부려 먹히게 하였고 그토록 가고 싶어 했던 학교도 보내주지 못했으며 재산을 한 푼도 모아놓지 않고 외지로만 떠도는 방랑자 이재석에게 박정심을 어린나이에 시집을 보내면서 멀리 쫓아버려, 딸이 혼자서 일을 해서 먹고살면서 많은 자식들을 키우며 뒷바라지를 하도록 하게 만드는 등 많은 고생을 시켰다는 죄의식에서 평생을 살아왔었다.

거기다가 박정심이 중풍으로 지팡이를 짚고서 겨우겨우 걷는 모습을 보니 기가 막혀서, 아무 말도 못한 채 팽나무에게 모든 것은 본인의 잘못이니 딸은 용서하여 달라고 빌면서 하루하루를 보냈었다고 하였다.

박정심이 하던 일을 팽개치고 한 달음에 송화자의 집으로 찾아가보니 마당한구석에 제각이 마련되어 있고, 평소에 송화자가 주위에 살고 있는 이웃들에게 도움을 주며 인심을 얻고 있었기에 많은 사람들이 제각에 모여들어 절을 하고 있었다.

사흘 후 상여가 집에서 출발하고 그 뒤를 따라 용이도 어머니를 부축하여 묘지 로 향했다. 묘지 터를 향해 걸어가면서 어머니 박정심이 얼마나 슬피 우는지, 구경꾼들까지 눈물을 훔치며 "이제 세상에 혼자 남은 딸이 얼마나 슬프겠느냐?"고 하면서 속삭이고 있었다.

묘지 터에서 장정들이 관이 들어갈 깊고 넓은 사각형의 구덩이를 파고 그 안에 관을 안치한 후에 관위에 석회를 뿌리고, 마지막으로 가족들이 흙을 한 삽씩 뿌리며 세상을 하직하시는 분과 작별인사를 하였다.

박정심도 살아오면서 그동안 쌓여온 회한과 서러움에 쌓여 많은 눈물을 흘리고 있었고, 산소를 쓰는 일이 끝나고 모든 사람들이 돌아간 후에도 넋을 놓고 앉아있는 박정심의 옆자리에 마치 돌아가신 어머니 송화자가 울고 있는 딸아이가 가여워 못 떠나고 환생한 것처럼 하얀 할미꽃 한 송이가 박정심을 내려다보고 있기에 용이가 할미꽃 시를 지어 읊어주며 위로해 드렸다.

"할미꽃"

이른봄 살며시
얼굴을 내미는 할미꽃

주름진 얼굴을 누가 볼세라

바람결에 옷자락이 흔들리면
고개 숙여 숨어버린다

바람이 잠들어 침묵에 빠져들면
몸을 흔들어 먼 길을 쳐다보는
등이 굽은 할미꽃

하얀 소복으로 감싸고
자주 빛 옷고름 속에
눈물 감추고 있는 그 모습

선들부락 외할머니를 닮았다

　어머니 송화자의 상을 치르고 집으로 돌아온 박정심은 홀로 남은 외로움을 극복하려고 매일매일 지팡이를 짚고 마을을 한 바퀴씩 돌면서 꾸준히 운동을 하고 힘을 길러 논밭으로 나가 보려고 안간힘을 썼다.
　중풍환자들은 비가오거나 눈이 오면 온 몸에서 힘이 빠지거나 의욕이 없어져 꼼짝 못하고 누워있게 되는데 박정심은 얼마나 의지가 강하고 열심히 노력 하였던지, 비가 오거나 눈이 오는 날은 장남 용이에게 우산을 씌워 달라고 하며 하루도 거르지 않고 운동을 하였다.

이렇게 열심히 운동을 하면서 힘을 기르던 박정심은 가까운 밭에를 가보겠다고 지팡이를 짚고 몇 차례 쉬면서 혼자서 걸어가다가, 순국비 고개에서 발을 헛디뎌 굴러 떨어져 버렸다.

다행이 지나가던 마을 아저씨가 발견 하고서 박정심을 자전거에 태워서 집으로 데려와서, 용이가 어머니에게 병원에를 가자고 하였으나 어머니는 "나의 병은 내가 잘알고 있다"고 하시면서 방에만 누워계셨다.

아마도 어머니가 어렸을 때부터 즐겨 들었던 옛이야기 "고개에서 넘어지면 삼년밖에 못 산다"는 삼년고개를 생각하고 계시는지? 자리에서 일어나지 못하고 계속 누워만 계셨다.

몇 달이 지나자 아예 식사도 못하고, 의식도 별로 없이 "아버지, 아버지"만 부르고 있어서 용이가 의사선생님께 왕진을 부탁해서 진찰을 해보니, 약간의 치매가 왔다고 하였다.

용이는 불쌍한 어머니가 돌아가실까? 두려워서 아버지가 판소리를 배우고 있는 곳으로 찾아가서 "어머니가 많이 아픈 모양인데 어머니한테 가보셔야 겠습니다"하고 말씀드렸더니 "알았다"고만 하면서, "먼저 집에 가 있으라"고 하였다.

사나흘이 지나자 집으로 돌아온 아버지는 어머니에게 가보았으나, 어머니는 남편도 몰라보고 가끔씩 헛소리를 하면서 "아버지, 아버지"만 부르고 있었다.

아버지 이재석이 며칠 동안 어머니를 지켜보고 있더니 "어머니는 치매까지 와서 더 이상 치료는 어려울 것 같으니 용이 네가 잘 보살피고 있어라"하면서 자리에서 일어서서 판소리를 연습하는 곳으로 가버렸다.

이렇게 일 년 동안을 시름시름 앓고 있던 어느 날, 아버지 이재석이 나타나서 "어머니는 이제 회복할 수 없는 것 같고, 용이 너도 다른 일도 많아서 돌보기도 힘들 것이다. 그러니 요양원으로 보내자"고 말하며 요양원을 알아보라고 말씀 하셨다.

용이가 "안된다고 어머니는 집에 계셔야한다"고 말했지만 고집불통인 이재석은 "빨리 보내버리고 네가 할 일이나 잘하라"고 하면서 여기저기에 요양원을 알아보았다.

며칠 후 이재석이 보성읍내에서 원불교 교무(교회에서는 목사 격)하시던 분을 만나가지고 자초지종을 이야기했더니 교무님께서 "박정심은 자기가 보성읍 교무로 있을 때 독실한 믿음을 갖고 원불교에 잘 다녔고, 현재 자신이 정읍에 있는 원불교에서 운영하는 요양원에 원장으로 가있으니 그 요양원으로 보내주면 잘 보살펴 주겠다"고 하였다고 한다.

용이가 어머니를 모시고 정읍에 있는 요양원으로 갔다, 정읍에 있는 요양원에 가는 길은, 보성을 출발해 광주를 지나서 한참을 가서 정읍에 들어서면 드넓은 호남평야의 논과 밭들이 펼쳐져 있었고 정읍의 명산인 천태산이 보이며, 멀리 떨어진 곳에서는 두승산이 위용을 자랑하고 있었다.

행여나 어머니 병이 더 악화 되지는 않을까하고 걱정하던 용이도, 어머니가 평소에 좋아하던 논과 밭 가운데 요양원이 있고, 어머니가 평소에 다녔던 원불교에서 운영하는 곳에 계시게 되어 다행이라는 안도의 생각이 들었다.

요양원에서 일 년 정도 계시는데 어머니의 상태가 갑자기 나빠진 것 같다고 연락이 와서 부안에 있는 큰 병원으로 모시고가 진찰을 받아본 결과, 의사선생님이" 며칠 후에 돌아 가시겠다"고하여 집으로 모시고 왔다.

집으로 돌아온 박정심은 차츰차츰 식사도 못하고 혼수상태로 들어가 "아버지"만 중얼거리고 있어, 가실 때가 된 것 같은 느낌이든 용이가 박정심이 평소에 좋아하고 즐겨듣던 불경 테이프를 찾아서 틀어 드렸더니 다음날 새벽 2시경에 눈을 감으셨다.

용이는 보성읍 동암다리 옆에 있는 장례식장으로 어머니를 모시고 가서 3일장을 치르는데, 상을 치르면서도 자식들은 별로 슬퍼하지도 않은 것처럼 무관심하게 보였다.

이재석이 매일 아침저녁으로 원불교 신자들을 불러서 제단 앞에서 극락왕생을 빌어주는 독경을 하도록 하고, 장남 용이에게 금일봉을 준비해 놨다가 독경이 끝날 때 감사의 인사로 드리도록 하였다.

그런데 하루가 지나자 어떤 딸이 자기가 돈을 주지도 않으면서도, 아버지 이재석에게 "무슨 이유로 독경을 할 때마다 돈을 주느냐고?" 따지는 바람에 한바탕 언쟁이 벌어지기도 하였다.

삼일장이 끝나고 용이가 강력히 주장하여, 묘는 어머니의 소망에 따라 산등부락의 로렐라이언덕이라 불리는 언덕위에 있는 하얀 등대 옆 아버지 박중양의 산소옆에 모시기로 하였다.

2005년 10월 6일 장례차로 수의를 입힌 박정심의 주검이 도착하자, 산등마을에 살고 있는 많은 일가친척들이 마중을 나와 있다가, 박복하게 고생만하다 세상을 하직한 박정심에게 눈물로 작별을 고하였고, 산소를 떠나가려는데 하얀 등대의 빨간 모자 아래에 살고 있던 각시거미가 기어 나와서 용이에게 마지막 떠나시는 어머니에게 명복을 비는 시를 한수 읊어 주고 갈 것을 권해서, 시를 한 수지어서 낭독 해드렸다.

"여명"

옻빛바다 저 너머로

솟아오르는
불덩이 같은 아침 해가

어머니 살 속에 자라고 있는
망상의 씨앗 한 톨
어머니 뼈 속에 쌓여있는
욕심 한 다발
어머니 핏줄을 타고 흐르는
번뇌를 태운다

검붉은 바닷물은
높은 파도를 타고
시공을 초월한 머나먼 우주로
어머니를 띄워 보내고 있다

집에 돌아 온지 며칠 후에 오랜만에 논에 나가보니, 벼들도 어머니가 돌아가신 것을 알고 있는지 모두들 노란 상복으로 갈아입고 풀이 죽어 고개를 숙이고 있었다.

집에 오는 길에 순국비 고개 아래에 있는 밭에도 들려 보았다. 밭에는 풀들이 무성하게 자란 틈사이로 고구마 줄기에 매달린 잎들이 간신히 고개만 내밀고 있는 것을 보니, 고구마 잎들마저 어머니의 돌아가심을 알고 슬퍼하는 것 같았다.

벼나 고구마 잎들마저도 정을 알고 어머니가 세상을 떠나자 슬픔을 이기지못해 고개를 숙이고 있는데, 하물며 사람의 자식들이 어미 떠난 슬픔을 느끼지 못한다는 것은 참으로 안타까운 일이 아닐 수 없다는 생각이 떠나지 않아서, 한평생을 우울증 환자처럼 눈물 속에서 살아온 어머니의 일생을 회상하여 보았다.

 어머니 박정심은 1929년 11월에 벌교읍 산등부락에서 배 2척과 논을 50마지기를 가지고 부자로 살며, 어려운 사람들을 도와주는 박중양 선장의 첫째 딸로 태어나서 온갖 귀여움을 독차지하고 살아가고 있었으나
 박정심이 세 살에 접어들었을 때, 아버지인 박중양 선장이 배 두 척을 끌고 먼 바다까지 나가 고기잡이를 하던 중 폭풍을 만나 박중양 선장이 타고있던 배가 난파를 당하고 주검을 맞이하였다.
 박정심의 어머니 송화자는 매일 박정심을 등에 업고 하얀 등대 옆에 있는 박중양 선장의 묘지를 찾아가 하루 종일 울고만 있었고, 3년이 지나가자 송화자의 우울증은 날로 심해져 박중양의 형제들은 하는 수 없이 조성면 선들부락에서 가난하게 살고 있는 노총각 김병만에게 재가를 시켰다고 한다.

 송화자는 6살이 된 박정심을 데리고 재가를 하였고, 의붓

아버지가된 김병만은 박중양의 형들이 제공한 돈으로 많은 논과 밭을 사가지고 부자로 살게 되었지만, 당초의 약속과 다르게 박정심을 부엌데기로 부려먹으면서 학교에도 보내지 않은 채 극심한 구박을 하였기에

굶주림에 떨고 있던 박정심에게 어머니 송화자는 김병만이 모르게 누룽지 등 먹을 것을 가져다주고, 두 모녀는 서로 부둥켜안고 울면서 밤을 새우는 날이 부지기 수였다고 하였다.

박정심은 학교에도 다녀보지 못한 부엌데기 신세였지만, 머리가 뛰어나서 귀동냥으로 한글과 구구단을 독파하여 같은 동네에 살고 있는 까막눈 아줌마들의 편지를 대필 해주고, 장날에 물건을 사다주는 등 심부름을 해주며 머리가 천재라고 칭찬을 받았으나, 의붓아버지 김병만이 "여자는 학교를 가서는 안되고, 글을 배워서도 안된다"고 엄하게 꾸짖어, 하는 수 없이 배우는 것을 포기하게 되었다.

이렇게 어려운 환경 속에서도 세월은 흘러서 박정심은 16세에 접어들었고, 의붓딸을 눈에 가시처럼 여기던 김병만은 박정심을 멀리 시집을 보내버리려고 여러 곳에 매파를 보내서 알아보았다.

여러 마을 부잣집 총각들이 동네에서 천재이며 일도 잘한다고 소문이 난 박정심에게 장가를 들고 싶어 했지만, 김병

만은 혹시나 박정심이 가까운 데로 시집을 가면 친정에 들러 쌀 등 곡식을 가져갈까 봐, 가장 멀리 떨어져서 가난하게 살고 있는 놈팡이 이재석에게 시집을 보내기로 결정 하고,

신랑 이재석을 불러 결혼식도 제대로 해주지 않으면서, 무명이불 한 채 와 숟가락과 젓가락 2개씩, 솥단지 1개를 지게에 얹혀 주고 박정심을 데리고 떠나라고 하였다. 참으로 매정한 의붓아버지였다.

박정심은 결혼식도 올리지 못한 체, 울면서 이재석을 따라 머나먼 득량면 동막마을로 시집을 오게 되었다. 그러나 박정심은 살 집이 없어서 이재석의 친구인 정만삼의 집 문간방을 얻어서 살게 되었으나, 결혼 3개월 만에 이재석은 방랑벽이 재발되어 객지로 떠나버렸고, 한마을에 살고 있던 이재석의 형들은 셋이나 있었지만 모두가 욕심 장이라서 시집온 제수씨 집을 찾아온 적도 없었고, 초대한 적도 없었다고 하였다.

먹을 것도, 입을 것도 없이 홀로 남겨진 박정심은 살아 남기위하여 남의 집 일을 도와주고 품삯을 받아 하루하루 살아가면서도 미래를 위해 조금씩 저축을 해 나갔다고 하였다.

이렇게 3년이 지나자 첫째딸이 태어났고 2년후에는 첫째 아들, 그후 2년후에는 둘째 아들이 태어 났으나, 이재석은 객지로 떠돌고 있어서 어머니인 박정심이 혼자서 일을 해가

며 애들을 돌보아왔다고 하였다.

어느 날 밤에 이재석이 나타나서 보성읍으로 이사를 가야한다고하며 가족들을 보성읍으로 데리고 갔었다. 보성읍에서도 박정심은 남의 일을 도와주고 받아온 품삯과 좀들이 쌀을 모아서 집과 논밭을 사가지고 농사를 지어 점점더 살기가 나아지고 있을 때, 이재석이 일확천금을 하려고 다니던 양조장 공장장을 그만두고, 집을 저당잡혀 마련한 돈으로 예쁜 주모와 함께 주막을 차리려고 하였으나 주모가 돈을 가지고 야반도주를 해버려 집을 날리고 실업자가 되어버렸다.

어느덧 자식들은 7명이 되었는데도 이재석은 판소리에 빠져 한량이 되어버려, 또다시 박정심은 모든 생계와 아이들을 돌보고 돈을 모으는 일을 혼자서 도맡아서 하는 등 힘든 세월을 보내야 했다.

그 후 십여 년이 지나서 박정심이 다시 집을 사고 생활이 조금 나아지고 있을 때, 이재석이 잠업 사업을 하겠다고 돈을 빌려 뽕나무 묘목을 키우고 있던 중 폭우 등으로 묘목 재배에 실패 하였다.

또다시 경제적으로 매우 어려워 졌을 때 모든 짐을 부인인 박정심에게 떠넘기고 이재석은 객지로 떠나버려, 박정심 혼자서 애들 양육과 부채를 갚는 등 힘든 세월을 살아가야만 하였다.

많은 세월을 어려움 속에서 살아가던 박정심은, 중풍으로 쓰러진 즉시 병원에 갔으면 치료가 되었을 텐데 이재석이 객지로 떠나버리고 부재중이라 차일피일 미루다 중풍환자가 되어버렸다.

중풍에 쓰러졌으면서도 "논에서 자라고 있는 벼들을 가족들 보다 더 큰사랑으로 기르고 있었기에 어떠한 어려움도 견디어내며, 눈물의 세월을 극복할 수 있었다."

이렇게 6년을 버텨 왔으나, 어머니 송화자의 주검에 충격을 받아서 다시 쓰러져 일어나지 못하고 한 많은 세상을 하직 하였다.

장남 용이가 어머니 박정심을 어머니가 그토록 그리던 "하얀 등대" 옆에 있는 아버지 박중양의 묘지옆에 모셔드리고, 어머니가 눈물 속에서 힘들게 살아온 모든 어려운 세월을 훌훌 털어버리고 하늘나라에서 행복하게 사시라고 빌면서, 보성 읍내에 있는 집으로 돌아왔다.

어머니를 떠나보낸 다음해 여름철에 장남 용이가 툇마루에 앉아서, 마치 박중양 선장이 바다에서 폭풍을 만났을 때처럼 굵은 장맛비가 쏟아지고 있는 모습을 넋을 놓고 쳐다보고 있는데, 어디선가 어머니의 젖 내음이 퍼져나오자 어머니가 오신줄 알고 "살바람의 어머니" 시를 낭독해 드렸다.

"살바람의 어머니"

어머니의 살바람이 나를 맴돈다
살바람은 영원히 사라지지 않는 불사조
그 부드러움이 강함을 이기고 바위를 쪼갠다

언제나 좁은 틈새로 연기처럼 들어오는 살바람
아기 찾는 어머니처럼 살바람이 문풍지를 헤집고
여기저기 집 주위를 맴돌고 있다

얼굴을 스치는 바람결에서 어머니의 젖내음이 묻어난다
아들이 너무나 그리워서 떠나지 못했나 보다

소리꾼의 주검

2005년 11월 7일 세상을 떠난 부인 박정심의 상을 치르는데도 남편인 이재석은 눈물 한 방울 흘리지 않고 무심하게 조문객들만 맞이하였다.

아들 용이는 부인이 돌아가셨는데도 조금도 슬퍼하지 않는다는 것은 부인에 대한 사랑이 없기 때문 일거라고 생각하니, 어머니 박정심은 매우 박복한 한 평생을 살았다는 생각이 들었다.

묘지의 일을 모두 마치고 보성읍내에 있는 집으로 돌아왔을 때, 이재석이 갑자기 하얀 바지저고리에 도포를 입고 나타나더니 집 주위를 돌면서 "수궁가, 심청가, 흥부 놀부가" 등 판소리를 부르기 시작하였다.

판소리꾼들은 슬픔도 기쁨도 소리로 표현하고 황천길로 떠나가는 부인에게 편안하게 가라고 안내해주는 것인지 아님, 부인을 잃은 자신의 슬픔을 달래려는 것인지? 이해하기 어려웠다.

아버지 이재석의 판소리가 끝나자마자, 아들 용이가 슬픈 마음을 억제하지 못하고 바람에 휘날리며 떨어지고 있는 빨강, 노랑, 갈색 등 색색의 단풍이든 산벚꽃나무 낙엽을 쳐다보며, 자식들과 이별하는 어머니의 슬픈 마음을 담은 시를 한편 써서 읽어 드리면서 먼길을 떠나는 어머니를 위로해 드렸다.

"늦가을의 사모곡"

지난 계절은
보따리를 싸서 떠나가고
늦가을 바람이 소리없이
문지방을 넘어온다

어머니는 이별의 슬픔을
가슴 깊이 묻어둔채
묵묵히 자식들을
떠나보낼 준비를 한다

노랑색, 빨강색, 자주색 등
색색의 색동저고리로 갈아입고
바람결에 실려서 춤을 춘다

십일월의 바람이
몸통을 스치고 지나갈 때 마다
자식들은 하나 둘 떠나가고
늦가을의 어머니는
통곡의 눈물을
하염없이 쏟아낸다

마지막 남은 자식 하나마저

먼 길을 떠나버리자

어머니의 가슴에 맺힌

슬픔이 흰서리가 되어

온 산야를 뒤 덮는다

　부인 박정심이 세상을 떠나서 잔소리하는 사람이 없어지자, 소리꾼 이재석은 온 집안을 독차지하고, 좋은 북과 장구를 구입하여 놓고 시시때때로 소리꾼들을 불러들여 해가지는 줄도 모르고 하루 종일 집이 떠나가게 소리를 하면서 판소리에 전념하기 시작하였다.

　모든 가사일과 생계를 꾸려가는 농사일은 물론이고, 일가친척들의 애경조사 시 행사장에 참석하는 일까지 장남 용이에게 시켜놓고 매일 새벽마다 순국비 뒷산에 올라 판소리와 창을 하고 내려왔고

　때로는 봉화산에 올라가 목소리를 가담고, 목소리가 다듬어지는데 도움이 된다면, 지리산 천왕봉, 노고단, 피아골 등 전국 명산을 찾아다니며 연습에 연습을 거듭하였다.

　이렇게 맹렬히 연습을 거듭한 결과, 보성 판소리꾼들 사이에서 꽤 알려지고 읍내에서 회갑, 칠순, 팔순 등 여러 잔치

가 있을 때마다 초대를 받아 가면, 많은 사람들로부터 칭찬을 받고 의기양양해 하였다.

근대 판소리 성지인 보성의 위상을 국내외에 널리 알려 대중화를 꾀하며 판소리문화의 계승 발전에 기여하고자, 보성군과 서편제 보성소리축제 추진위원회에서 천하 제일 명창 무대를 열고 최우수자에게 대통령상을 준다는 보성군 "서편제 보성 소리축제"가 판소리성지 일원에서 열렸다.

수많은 소리꾼들이 축제에 참가하겠다고 떠들고 다녀서 아들 용이도 아버지 몰래 축제장으로 구경을 나가보니, 전야제로 판소리성지에서 보성소리의 역사와 판소리성지로서 위상을 드높이기 위하여 서편제의 비조 박유전 선생님의 추모제와 추모연이 열렸고

이어서 소리대회가 열리고 있는 "보성다향체육관, 서편제 보성소리전수관, 판소리성지에를 가보니 전국에서 수많은 구경꾼들이 모여들었고, 거기에 더하여 막걸리장수, 떡장수, 엿장수, 과자장수 등 수많은 장사꾼까지 몰려와 인산인해를 이루고 있었다.

특히 소리축제의 백미라 할 수 있고, 우리나라 판소리를 이끌어나갈 꿈나무를 키우고 숨은 인재를 찾아내는 "전국 판소리 경연대회"에는 전국에서 200-300명에 달하는 최고의 판소리 능력을 가진 고수들이 참여해 경연을 벌였다.

이재석도 보성 소리꾼들과 함께 소리축제에 참가하여 판소리부문 대상을 차지하고 가르쳤던 선생님과 동료들로부터 많은 칭찬을 받고 더욱더 판소리에 열중하였다.

이재석은 오랫동안 판소리를 잘하고 싶어서인지, 남의 어려움이나 힘든 것은 관심도 없으면서 눈이오나 비가 오나 매일 새벽에 일어나면 뒷산에 올라가 판소리를 연습하고, 술과 담배는 모두 끊어버리고 목소리에 좋다는 음식만 먹고 공기가 좋은 곳만 찾아다니며 판소리꾼으로서 자기관리에 철저하였다.

특히 돌아가신 어머니에 대해서는 말 한마디 없으면서 발성연습을 위하여 하루도 거르는 법이 없이 단전호흡을 실시하여 폐활량을 늘리고 요가를 하면서 컨디션을 조절하는데 온 힘을 기우리는 모습이 마치 판소리를 위해 태어난 사람 같았다.

이렇게 이재석이 신선처럼 살아가고 있는데, 세월이 덧없이 흘러 구순이 가까워가자, 장남 용이를 불러 자신은 구십 살까지밖에 못살 것 같으니 소리꾼 친구들과 일가 친척들을 불러서 마지막 잔치를 하고 싶다고 하면서 "행사 준비를 하라"고 하였다.

여태까지 집안 살림에 기여한 것도 없고 어머니를 종을

부리듯이 부려온 사람이 조금도 미안한 기색이 없이 어떻게 잔치를 해달라는 말이 나올 수 있는지 참으로 어이가 없고 몰염치하다고 생각되어 "돈은 얼마를 준비하면 되느냐"고 물어보니

"초청하는 손님들은 200명정도 될것 같고, 점심 등 음식은 1인당 3만원씩 하는 광주에서 음식을 잘한다는 호텔 출장부페 최고급으로 해주고, 행사의 흥을 돋구기위해, 사물놀이패 4명, 창 과 판소리를 하는 소리꾼 5명, 북치는 고수 등 유명한 사람을 초청할 것이니 준비를 하라"고 하여

용이가 그렇게 한다면 "돈은 얼마나 들어갈 것 같냐고?" 물어보니 미안한 기색도 없이 "1500만원 (20여 년 전쯤에는 꽤 큰 돈 이었다) 정도 들어갈 것 같다"고 하여 칠남매들에게 아버지의 행사계획을 이야기 해주었더니, 이구동성으로 "1인당 100만원 이상은 절대 못 내겠다"고 하며 주책없는 아버지에게 따지러 가겠다고 하여 한바탕의 소동이 벌어지기도 하였다.

주책없는 아버지와 자신들밖에 모르는 욕심쟁이 형제들 사이에서 어찌할 바를 모르는 체 고민 스러운 것은 장남 용이 밖에 없었다. 그래서 한심한 남매들과 아버지 이재석의 이기심을 보면서 자신의 말소리가 통통 부었다는 생각이 들어서 시를 한수 지어서 읊어보았다.

"말소리가 퉁퉁 부었다"

논밭을 일구며 살아가고 있는 장남 용이
어느 날 어머니가 말없이 세상을 떠나고
주책없는 소리꾼 아버지와 살아가고 있다

아버지는 장남을 황소부리 듯 일만 시켰고
맛있는 쌀밥은 혼자서 독차지 하였다

나는 배가 고파서 발걸음이 부엌으로 향한다
아버지가 방문을 열고 고래고래 소리를 지른다
얼씬거리지 말고 빨리 가서 나무를 해오라고,

네, 하고 대답하는 말소리가 퉁퉁 부었다

산으로 가는 내 발걸음은 눈물이 묻어난다

구순잔치 행사당일 날도 장남 용이는 행사장 입구에 현수
막을 준비해서 설치하고
식순준비, 앰프 점검, 방명록 준비, 뷔페장 설치 안내요원
배치 등 눈코 뜰 새 없이 바쁘게 뛰어다니는데, 다른 남매들
은 마치 손님들처럼 구경을 하고 서있었다. 참으로 그들의

생각을 이해할 수가 없었다.

경로잔치가 시작되자, 200명이 넘는 많은 손님들이 왔는데 대부분이 연로하셔서 뷔페를 모르고 자리에만 앉아있어서 용이가 나서서 손님들에게 음식을 날라 주도록지시 하고, 심지어는 숟가락 젓가락까지 챙겨 주어야 하였다.

또한 뷔페식사를 가져다 먹으면서 사물놀이 등 공연을 관람하여야 하는 관계로 행사장이 혼란스럽고 진행이 잘되지 않아서, 행사자체가 뷔페와 맞지 않았는데 이재석의 과도한 허영심으로 많은 돈을 허비하면서도 행사장에 참석한 손님들로부터 커다란 호응을 받지는 못하였다.

다행스럽게 사회를 보는 조카사위의 제치 넘치는 사회덕택에 웃음을 자아내며 행사가 진행되었고, 특히 풍물굿의 대표적인 타악기인 꽹과리, 북, 징, 장구의 4가지 악기로 연주하는 사물놀이가 인기를 독차지 하였다.

원래 사물은 불교의식에서 쓰이는 법고, 범종, 목어, 운판 등 4가지를 가리키는 말이었는데 지금은 사물놀이에 쓰이는 4가지 악기를 가리키는 말로 사용되게 되었다고 한다.

그리고 농악, 판굿, 칠채굿, 설장구놀이, 비나리 등의 풍물음악이 있었는데, 이 풍물음악에서 음악만 발전되어 사물놀이가 되었다고 하며, 사물놀이의 뛰어난 멋은 연주자들 4명이서 주로 앉아서 악기를 치면서도 각 악기를 다루는 사람들이 뛰어난 기량을 발휘 하는데 있다고 한다. 즉 같은 가락을 치면서도 장구, 북, 징, 꽹과리 등이 가락을 서로 주고받으면서 당기고 엉키고 밀치는 멋에 관중들이 빠져 들었다.

어떤 소리꾼들은 이러한 4가지 타악기로 구성된 음악은 1978년도에 처음으로 "사물놀이"라는 이름으로 창단된 연주단에 의해서 본격적으로 시작이 되었고, 당시에 이들의 연주기량은 아주 뛰어나서 농악을 무대용 음악에 맞도록 효과적인 방법을 구성하였다고 한다.

이러한 이유로 농악의 음악성과 치밀한 연주는 상당한 반향을 일으켰다고 한다. 또한 최초의 사물놀이패를 원사물놀이 패라고 부르며, 이들은 호남우도농악, 설장고놀이, 비나리, 짝두름, 판굿, 삼도농악 등이 있다고 하였다.

예를 들면, 호남우도농악에서는 호남우도농악 판굿의 처음에 나오는 풍류굿 오채질굿, 좌질굿, 양산도, 세산조시를 연주한다고 하였고

설장고놀이는 원래 장구재비 혼자 서서 발림을 독주하는 것이지만, 여기서는 악사 네 사람이 저마다 장구를 앞에 놓고 앉아서 설장고가락을 여러 악기가 같은 선율을 연주하면서 대목마다 딴 가락을 연주하게 구성되어 있다고 하며 이들은 크게 인기를 얻고 서양음악을 포함해서 모든 한국음악계

에 큰 영향을 끼쳤으며, 타악기 전공자들에게 영향을 주어 타악기의 활성화에 큰 공헌을 하였다고 한다.

다음으로 인기를 끈 것은 판소리 중에서, 용왕이 병들자 자라가 용궁에서 세상으로 나와서 약에 쓸 토끼의 간을 구하기 위해 토끼를 꾀어내어 용궁으로 데려갔으나 꾀 많은 토끼가 용왕을 속이고 살아 돌아온다는 이야기를 판소리로 만든 것이며, 별주부타령, 토끼타령, 토별가로 불리기도 한 수궁가였다.

수궁가에서 유명한 소리 대목은 용왕이 병들어 탄식하는 장면, 토끼화상, 고고천변, 토끼와 자라의 만남, 위험에 처한 토끼의 신세, 토끼의 임기응변, 토끼의 수궁탈출, 토끼의 욕설 등 이었다.

또한 수궁가의 묘미를 살려, 재치 있으며 아기자기한 구수한 소리와 창을 하는 중간 중간에 가락을 붙이지 않고 이야기를 하듯이 엮어나가는 "아니리", 발림을 넣어서 기지와 해학적인 멋을 들여 판을 이끌어갔다.

그 다음으로 인기를 끈 것은, 판소리 다섯마당 가운데 하나인, 앞 못 보는 심봉사의 딸 심청이가 태어나자마자 어머니를 잃고 아버지의 동냥젖으로 자라서 15세가 되자, 아버지의 눈을 뜨게 하려고 공양미 300석에 몸이 팔려가지고 인당

수에 빠졌으나 옥황상제의 도움으로 연꽃을 타고 살아나와 황후가 되어 맹인잔치를 열어 아버지를 만나서 눈을 뜨게 해준다는 이야기를 판소리로 만든 심청가 였다.

관객들은 여러 대목에서 울었고, 특히 청이가 상인들에게 팔려가는 장면, 연꽃을 타고 살아나온 장면, 심봉사 아버지가 눈을 뜨는 장면에서는 눈물과 뜨거운 박수가 쏟아져 나왔다.

그리고 인기를 끈 것은 춘향전 판소리였다. 춘향이와 이도령이 눈이 맞는 장면, "서로 눈이 맞았어요... 난 네가 좋다... 니는? 내도 좋아요.." 대목과 "이도령이 아버지를 따라 한양으로 떠나가는 덕택에 생이별을 하게되는" 대목, 신임 사또가 와가지고 "춘향이 수청 한번 받아 볼라고 온갖 지랄을 다 떨었어요." "끝끝네 춘향이가 거부하자 변사또 열불이 터졌어요..... 그리고 잔치 벌려놓고 춘향이를 죽일려고 작전을 짜놓았다." 이때 암행어사가 된 이도령이 거지로 변장하고 춘향이 앞에 나타나고, 이어서 "암행어사 출두야"를 외치는 대목에서는 많은 박수소리가 터져 나왔다.

행사 말미에 이재석이 무대에 나와서 "수궁가"를 완창을 하여 많은 소리꾼 동료들과 행사장에 참석한 많은 사람들로부터 잘한다는 소리와 박수갈채를 받았다.

마지막 소원을 이루웠다고 흐뭇해하는 모습을 보니 "정말 소리꾼들은 남의 아픔이나 애로는 아예 모르며 오로지 자신의 소리와 즐거움을 위해 살아가는 이기적인 인품을 가졌고, 소리꾼 등 예술을 한답시고 마누라와 가족들을 괴롭히는 예술인들은 "사람의 도리가 무엇인지에 대한 교육을 먼저 시켜서 사람부터 만들어야 한다"는 생각이 들었다.

　　행사가 모두 끝나고 나서 손님들이 돌아가자, 이재석은 자녀들 칠남매를 불러 모았다.　장남 용이는 행사를 위해 하루 종일 뛰어다니면서 피곤해 죽을 맛인데, 무슨일인가하고 가보니 "아버지 이재석이 자신이 평생 동안 판소리 공부를 했으니, 마지막으로 자식들에게 드려주고싶다" 면서 "쑥대머리" 부르기 시작하였다.

　　용이는 소리를 들으면서 소리를 느끼는 것이 아니라, 마음속으로 인간이 어쩌면 저렇게 까지도 본인 밖에 모를까? 어머니는 한평생을 고생 속에서 눈물로 사셨는데 조금도 불쌍해하지도 않으면서 무슨 염치로 자신의 소리실력을 자식들 앞에서 까지 뽐내고 싶어할까? 하고 분노를 느꼈지만 내색을 하지 않고 행사를 마쳤다.

　　행사가 끝난 일 년 후에 이재석이 "허리가 아프다"고 하여 보성에 있는 아산병원 등 여러병원으로 모시고가서 치료를 받아보았으나 낫지 않아서 광주에 있는 희망병원, 전남대학병원 등 큰 병원에를 가보니 수술을 받으라고 하였다.

그래서 아버지에게 "병원에서 수술을 받으라고 하는데 어떻게 하시겠습니까?"하고 물어보았더니 "수술을 해주려면 서울에 있는 크고 좋은 병원에서 수술을 해달라"고 말을 해서 용이가 자가용에 아버지를 모시고 서울로 모시고 가는데, 팔월 여름 장마철이라 장대비가 쏟아져서 앞길이 보이지도 않는데 용이가 혼자서 눈물을 흘리면서 광주에서 서울까지 고속도로를 달려가면서, 아버지의 괴롭힘과 비정한 남매들의 눈물겨운 실상이 주마등처럼 스쳐갔다.

부모님이 살아계실 때 집안의 모든 살림이나 애경사에 필요한 경비는 일체 장남에게 부담하라 하고, 다른 자식들은 아는 척도 하지 않고 협조도 없었다.

특히 아버지가 허리가 아파서 힘들어 하기에 용이가 혼자서 보성병원들로부터 광주에 있는 큰 병원들까지 여러 곳을 찾아다니며 병원수속도 밟고 엑스레이등도 찍으면서 정신없이 뛰어다녀도 누구하나 도와주는 남매가 없었다. 이러한 안타까운 장면을 목격한 광주에 사는 의형제 동생이 같이 다니면서 많이 도와주었다.

이렇게 생각해 볼 때 어머니의 박복함을 고스란히 장남 용이에게 물려주어 혼자만 힘들게 하는 어머니도 참으로 야속하고 원망스러웠다.

서울 큰 병원에 도착해서 아버지를 입원시키고 노인이라서 수술을 할 수 있는지 모든 검사를 해보니 "다행히 건강관리를 잘해왔기 때문에 수술을 해도 괜찮다"고하여 수술을 받고 한 달 정도 서울에 입원해 있었지만, 역시나 남매들 중 누구하나 "병원비가 얼마나 들었냐"고 물어본 적이 없었다.

이재석은 병원에서 퇴원 후 시골로 내려와서 매일 매일 새벽에 뒷산에서 산책을 하는 등 더욱더 판소리에 매진하고 본인이 하고 싶은 놀이를 하며 잘 지내다가 89세가되자 힘이 빠져서 걷기가 힘이 들다고 하며, 전에 어머니가 계셨던 정읍에 있는 원불교 요양원으로 가셨다.

요양원에서 일년 정도 생활하다가 본인이 항상 생을 마감한다고 이야기 하였던 90세가 되자, 이제는 떠날 때가 되었다고 생각해서인지 급속도로 쇠약해져서 부안에 있는 큰 병원에 입원을 시켜드려 치료를 받게 했으나, 얼마가지 않아 돌아가셨다.

돌아가실 때, 장남 용이를 제외하고 어떤 자식들도 임종에 참석하지 않아, 마음껏 본인이 좋아하는 생을 살아온 소리꾼 이재석은 쓸쓸히 세상을 떠나면서 마지막 유언으로 "꼭 부인 박정심의 묘지에 합장을 시켜달라"고 하였다.

이말에 용이는 "아버지 이재석은 참으로 고민을 모르는 행복한 사람이었구나” 하는 생각이 들었다. 즉 어머니를 고생시켰던 생각이나, 장남 용이만 모든 짐을 지우고도 미안한 구석하나도 없이 저런 요구를 할 수 있는지 이해가 되지 않았다.

용이가 장례차를 불러서 보성 동암다리 옆에 있는 우리장례식장으로 모시고 가서 3일장을 치렀다. 장례식장에는 각지에서 교분을 맺고 있던 수많은 소리꾼들이 조문을 와서 연일 북적거렸고

친하게 지냈던 소리꾼들이 술에 취하자 “마지막 가는 길에 소리를 들려주겠다”고 하며 질펀하게 “흥부가”를 불러대기 시작하여 초상집인지 잔치집인지 분간하기 어려울 정도로 소란스러워 지기도 하였다.

용이도 “아버지 소리꾼을 어떻게 장례를 치러 드릴까?”하고 고민하다가, 어쨌든 어머니 박정심과 한평생을 살아왔고 마지막 가는길이니 잘 보내드리기로 마음을 고쳐 먹고 보성 원불교에 부탁하여 아침저녁으로 재를 올려주었다.

원불교에서 재를 올리는 방법을 지켜보니, 어머니가 돌아가시고 재를 올릴 때와 마찬가지로 교무님과 신도들이 십 여명 쯤 와가지고 정화수를 떠놓고 30분에서 1시간정도 독경을 해주었다. 그리고 독경이 끝날 때 마다 용이 혼자서 “수고들 많으셨습니다, 감사 합니다.”하고 인사드리고 약간의 성

금을 봉투에 넣어 드렸다.

애재석은 평소에 "원불교에서 재를 올려주고 경을 읽어주면 죽어서 아주 좋은 극락으로 가게 된다"고 굳게 믿고 있었으니, 아마도 웃으면서 기분좋게 극락을 향해 떠났을 것 같은 생각이 들었다.

이러한 장례식장의 풍경을 돌아보면서 소리꾼들의 모임에서는 이재석의 평이 괜찮은 것 같다는 생각도 들었다. 장례가 끝나고 하얀 등대 옆에 있는 어머니의 묘지로 운구차가 떠나갈 때에도 수많은 소리꾼들이 찾아와 떠나가는 소리꾼의 마지막 길을 배웅해 주었다.

운구차는 동암다리 옆에 있는 우리장례식장을 출발하여 보성읍과 득량면의 경계인 그럭재를 넘어서 보성강 수력발전소를 지나서 예당면에 접어들어 커다란 예당 저수지를 지나, 조성면에 접어들어 멀리서 보이는 박정심이 어렸을 때 살았던 선들부락을 뒤로하고

조금 더 가니 벌교역을 지나서 예전에는 바닷물을 막아서 염전과 논을 만드느라고 쌓아놓았던, 뚝방길이 왕복 2차선 도로로 바뀌고 아스팔트까지 깔아져 있었다.

얼마 지나지 않아 산등마을이 나오고 잠시 후에 로렐라이 언덕이라고 불리는 언덕위에 하얀 등대가 있는 박정심의 묘

157

지에 도착하였다.

먼저 로렐라이언덕이라 불리는 언덕을 지키는 토지신께 "소리꾼 이재석이 부인 박정심을 찾아왔으니 예쁘게 보아주시고, 혹시라도 이재석이 소리를 한답시고 떠들더라도 이해해주십사"하고 지신재를 지냈다.

이어서 박정심의 묘를 파고서 박정심의 관 옆에 이재석의 관을 묻고, 그 위에 석회를 뿌리고 가족, 일가친척들이 마지막 흙을 한 삽씩 얹어주었다.

산소의 봉분 위에 잔디를 입히고 나서 마지막으로 잘 계시라고 제사를 지내주고 소품을 태워주고 난후에 모두들 집으로 돌아갈 버스에 오른 후에 용이 혼자서 산소의 잔디밭에 앉아서 소리꾼 이재석의 과거를 회상해 보았다.

소리꾼 이재석은 1924년 10월 12일에 보성군 득량면 마천리에서 이도정의 7남매중 막내아들로 태어났다. 그 당시는 우리나라 대부분의 사람들이 먹을 것도 없는 가난한 삶을 살아가고 있었고

특히 이재석이 태어난 곳은 산속에 자리 잡고 있어서 대부분의 마을 사람들이 헐벗고 굶주림 속에서 살아가고 있었으며, 산하제한이 없어서 애들을 낳을 수 있는데 까지 낳다보니 보통 한 가정마다 7-10명의 애들을 두고 있었다.

이재석이 20세가 채 되기에 일본에 강제징용 되어 물설고 땅설은 타향에서 말로표현 할수 없는 굶주림과 고초를 겪으며, 어떠한 방법을 쓰던지 악착같이 살아남아야한다는 생존에 대한 지혜를 터득하고 자신의 중요성을 체득하였기에 해방이 되어 고향으로 돌아오게 되었다.

그러므로 돌아온 이후에도 벌어 먹고 살 농토가 없어서 남의 일을 해주거나 객지로 나가 일을 해 주면서도 어려워하거나 힘들어하지 않고 삶의 방법으로 생각하며 잘 순응해 나갔던 것 같았다.

이렇게 의지할 곳 없이 가난하게 살면서 운명적으로 박정심과 결혼을 하였지만, 실상은 말이 결혼이지 살집도, 먹을 것도, 농사지을 땅도 없는데 아무 생각 없이 무책임하게 이루어진 결혼이었다.

그리고 결혼 3개월부터 객지로 방황하며 살아가다가 1950년에 6.25 전쟁이 터지자. 인민군에게 끌려가지 않으려고 마누라는 혼자 두고 본인은 봉화산 깊은 산속에 숨어 살면서 아무도 다니지 않는 한밤중에 박정심에게로 가서 찐고구마, 옥수수, 감자, 밥덩어리 등을 얻어다가 먹고 살아 남았다.

이러한 가정환경이나, 어려운 환경들 속에서 살아남으려고 발버둥치는 과정에서 자신밖에 모르는 이기적인 사람이 되어 버렸는지? 여기에 더하여 집안유전자가 이기적인 유전자로

구성되어 여기서 벗어나지 못하고 있는지 모르지만

나이가 들어서도 이기심은 버리지 못 하였기에 부인 박정심이 그토록 고생을 하여도 모르는척하고 도와주지도 않으면서 기회가 있을 때 마다 자신이 좋아하는 소리를 배우기 위하여 박정심에게서 돈을 가져갔다.

박정심이 세상을 떠나자, 이제는 장남인 용이에게 모든 경조사비, 병원비, 생활비 소리를 배우는데 필요한 경비, 등 일체의 경비를 지불케 하고, 혹시 돈이 떨어졌다고 하면 마치 빚쟁이가 받을 돈을 독촉하는 것처럼 화를 내면서 미안해하는 구석이 전혀 없었다.

이렇게 일도하지 않으면서 마누라와 장남에게서 가져온 돈으로 일가친척 중에서 묘를 이장한다던지, 제사나 시제를 지내면 제일먼저 앞장서서 상당히 많은 돈을 내놓았다.

물론 소리꾼들의 행사나 모임에서도 돈을 잘 써서 다른 소리꾼이나 일가친척들은 들은 "이재석은 소리도 잘하면서 다른 사람을 잘 도와주는 좋은 사람"으로 평이 나 있었고, 존경과 대접을 받는 등 본인이 하고 싶은 일만 하면서 한평생을 후회 없이 잘 살다 가신분이라는 생각이 들었다.

이러한 여러 가지 생각에 잠겨 있을 때 하얀 등대의 빨간 모자 밑에 살고 있는 각시거미가 나와서 "용이에게 그동안에 참으로 수고가 많았고, 마음의 짐이 많았지만 이제는 모든 것을 내려놓고 편하게 여생을 살아가라"고 위로해주어, 고맙다는 답례로 하얀 등대 옆에 하늘 높이 솟은 자작나무 위를 타고 오르는 하늘타리꽃을 보면서 시를 한 수지어서 읊어 주었다.

"여왕의 무회 하늘타리꽃"

달빛 아래 춤추는 하늘타리꽃
밤을 수놓은 아바의 여왕이다

한올 한올 갈라진
색색의 수실이 치렁거리고
하얀 무의를 입고
춤사위를 펼쳐간다

아찔한 줄위의 곡예사처럼
허공을 찌르는 자작나무의
계단을 타고 오른다

낮에는 슬픈 가슴 부여안고
칠흑같이 어두운 밤이 오면

바람의 여왕이 되어
그녀의 춤사위는
신비한 절규를 토해낸다

그때 달빛아래
황금빛 사다리가 내려왔다

정토에 피어난 풀꽃

소리꾼 아버지 이재석이 돌아가시고 나자, 살아생전을 어떻게 보냈던지를 떠나서 아버지가 좋아하시던 극락으로 무사무탈 하니 가시라고 원불교 교무님께 부탁하여 49재를 지내주었다.

원불교 교무님 설명에 의하면, 49재는 돌아가신 날로부터 7일마다 7회에 걸쳐 행하는 의식으로서 돌아가신 이의 명복을 빌고, 불교의 내세관에서 사람이 죽어 다음 생을 받을 때까지의 49일 동안을 중음이라 하여 이 기간 동안에는 망자가 다른 귀신들의 꾐에 빠져서 지옥이든 어디든 나쁜 곳으로 갈 수 있는 등 다음 생이 결정되므로 극락을 똑바로 찾아 갈 수 있도록 지속적으로 재를 지내주어야 하고,

특히 죽은 날로부터 49일째 되는 날은 염라대왕의 심판을 받아 갈 길이 정해지므로 좋은 길로 갈수 있도록 신앙심이 높은 교무님, 법사님, 여러 신도님, 그리고 가족들과 일가친척들이 모여서 열심히 기도해 주어야 한다고 하였다.

그러나 소리꾼 이재석이 평소에 가족들에게 처신을 잘못해주어서 인지?, 아니면 다른 생각들이 있어서인지? 49재를 지내는 동안에 한번도 찾아와서 재를 지내주지 않았던 자식들이 49재를 끝내는 중요한 날에도 장남 용이 부부를 제외하고는 아무도 참석하지 않았다.

원불교 교무님께서 "형제들이 일곱이나 되는데 왜, 아무도

오지않으냐"고 물어 보셨지만 대답할 말이 없었고, 밉든 곱든 아버지가 마지막으로 세상을 떠나는 날인데

아무도 찾아오지 않은 것은 인간이니까 각자 나름대로 생각이 있어서 그리했을 것이라고 추정해 보았다.

어떻게 보면 소리꾼 이재석은 자식들의 인성교육을 제대로 시키지 못하였고, 소리꾼으로서 살아가면서 가정이나 자식들을 제대로 돌보지 못하면서 밖으로 돌아 다녔기에 마지막 세상을 떠나는 날 자식들도 못보고 떠난 것인지?

다른 사람들의 자식들은 모든 일을 재껴 놓고 49재에 참석하여 마지막 세상을 떠나가는 분을 배웅한다는데, 이재석의 자식들은 정말 무정하고 이기적인 것인지? 푸른 하늘을 보고 물어 보아도 대답은 없었다.

어느덧 어머니 박정심이 돌아가신 지도 십여 년이 훌쩍 넘어가 버렸다. 장남 용이는 어머니가 그리울 때에는, 어머니가 시간만 나면 달려가시던 하얀 등대를 찾아가서 산소를 둘러보았다.

어느 날은 하얀 등대의 빨간 모자 아래에 살고 있는 각시거미가 나타나 박정심은 살아생전에 공덕을 많이 쌓았으며, 혼자서 많은 자식들을 키우며 소리꾼 이재석의 괴롭힘 속에서도 뒷바라지를 잘해준 착한 사람이었기에 부처나 보살이 머무는, 오탁의 번뇌가 없는 깨끗한 세계에 들어갔다고 하였

다.

그곳에서 훌륭한 선생님을 모시고 어렸을 적부터 그토록 배우고 싶어 했던 좋은 공부를 배우고 있으니 안심하라고 하였다.

용이는 정말로 어머니가 잘 계신지 궁금하여 "정토세계는 어떤곳인가?"하고 물어보았더니, 정토세계는 부처가 있는 깨끗한 국토로서 중생들의 세계는 더러움과 번뇌로 가득 차 있는데 반하여 깨끗하고 번뇌가 없는 곳 이라고 하였다.

즉, 아미타불의 극락세계가 대표적인 정토이고, 법장비구가 48서원을 세우고 수행하여 극락세계를 이루었고, 이 세계로부터 서방으로 십 만억 불국토를 지난 곳에 실제로 존재하고 있다고 본다 하였다.

참된 착한 마음으로 아미타불을 믿고 염불하여도 사후에 그곳에서 태어날 수 있다고 하며, 온갖 보배와 깨끗한 것들로 가득 차 있으며 어떠한 번뇌나 괴로움이나 더러움이 없으며, 항상 부처님의 설법을 듣고 배울 수 있다고 하였다.

각시거미의 자세한 설명을 듣고서 감사의 보답으로 하얀 등대 옆에 살고 있는
커다란 오동잎을 보고 시를 지어 읊어주었다.

"오동잎에 쓴 편지"

로렐라이 언덕위에
노오란 낙엽이 켜켜이 쌓여
두꺼운 카펫이 된 오동잎

후라이펜처럼 넓은
오동잎이 밟힐 때마다
사각사각 신음소리를 내며
편지를 쓰라고 보챈다

한평생을 살아가면서
굽이굽이 새겨진
어려운 내 삶의 흔적들이
주마등처럼 스치고 지나간다

이제는 오동잎 편지를 쓰고 싶다

어느 날 로렐라이 언덕 쪽으로 새로운 도로를 만들 예정이니 박정심의 산소를 옮기라고 통지서가 날아왔다. 하는 수 없이 용이 혼자서 산소를 이장하려고 여러 곳을 알아보기 시작 하였다.

먼저 하얀 등대와 가까운 곳으로 이장을 할까하고 산등부락 뒷산을 살펴보고, 보성읍내에 가까운 곳으로 옮길까 하고, 대한다원 옆 몽중산 자락의 여러 곳을 가보고, 다음으로 봉화산 자락의 여러 곳을 다녀보았다.

산소를 이장하려고 여러 곳을 물색하고 다닌다는 이야기를 듣고서 보성 읍장을 지냈던 이경로 친구를 비롯하여 광주에 살고 있는 의동생 김성헌 등 많은 지인들이 여러 가지 조언을 해주었다.

어떤 분들은 "어머니 박정심이 하얀 등대를 좋아했으니, 가급적이면 등대에 가까운 산등부락 주변으로 하는 것이 좋겠다"는 의견을 제시하였다.

다른 분 중에서는 박정심이 보성읍내에서 오랫동안 살았으니 읍내에서 살던 집과 가까운 곳으로 이장을 하면 "어머니 박정심의 영혼이 용이를 보고 싶을 때에는 언제든지 와볼수도 있다"고   했으며

또 어떤 분들은 "자식들 모두가 가보기 쉽고, 어머니가 오랫동안 불교를 믿었음을 감안해서 화순 정도의 절 곁으로 이장하는 것이 좋은 방법일거라"고 하며, 좋은 절에서 운영하는 명당 추모관을 알아보라고 하였고

그렇지 않으면 "용이가 언제든지 자주가 볼 수 있는 서울시내에 있는 추모관이나, 경기도에 있는 추모관을 알아보라"

고 하였다.

3개월에 걸쳐서 산소를 이장하기위한 여러 곳을 알아보았으나 마땅한 곳이 없어서 고민하던 중, 화순에 사는 막내이모가 화순 불문사 절에 풍광도 좋고 시설도 좋으며 성실히 관리해주는 추모관이 있으니 같이 가보자고 하여 방문을 해보았다.

실제 가보니 조금 높은 언덕위에 앞이 탁 트였고 앞마당에는 커다란 약사여래 불상이 있고, 추모관 실내는 깨끗하게 잘 정리되어 있었고 은은하게 독경소리가 들려오고 있었다.

불문사 추모관을 안내하던 관리인의 설명에 의하면, 불문사 추모관은 "중생을 사랑하여 질병을 고쳐주는 약사신앙의 모태"가 되는 약사여래를 모시고 약사여래의 가르침을 받들고 설법을 듣는 도장이 되는 추모관이라고 하였다.

약사여래는 약사유리광여래 또는 대의 왕불이라고도 한다 하며. 동방 정유리세계에 존재하며 중생의 질병을 치료하고 재앙을 소멸시키는 일을 하며 부처의 원만행을 수행하는 이들에 대하여 무상보리의 묘과를 얻게 하는 부처이다.

또한 약사여래는 과거세에서 약왕이라는 보살로 수행하면서 중생의 아픔과 슬픔을 소멸시켜주기 위하여 12가지 대원을 세우고 수행하였다고 한다.

그 대원의 공덕으로 부처가 되었고, 한량없는 중생의 고통을 없애준다고 하며 단순히 병고만 구제하는 것이 아니고 의복이나 음식 등 의식주문제는 물론이고 사도나 외도에 빠진 자, 파계자, 범법자 등의 구제에 미치는 등 약사여래는 중생들을 위하고 보살피는 부처라고 설명해 주었다.

특히 약사여래의 이름을 외우면서 가호를 빌면 모든 재액이 소멸되고 질병이 낫게된다는 신앙이 일반 민중 사이에 강한 설득력을 가져, 선덕여왕이 병에 걸려 약을 써도 효험이 없을 때 여왕의 침전 밖에서 약사경을 염송하여 병을 낫게해주었다는 유명한 일화가 전해 내려온다고 하였다.

이렇게 약사여래가 중생들을 아끼고 위한다는 이야기들과 추모관이 풍광이 뛰어난 곳에 위치하는 좋은 곳이라고 추천하는 한편, 앞으로 사람들이 살아갈 땅의 면적이 줄어들고 있어 산소를 별도로 쓰는 것은 인류를 위해서도 좋은 일이 아니고 산소를 쓰기위하여 나무를 베어내어 산을 허무는 것은 자연 파괴이니 가급적이면 불문사 추모관으로 모셔오라고 강력히 권하였다.

우선 산소를 해체하기 위한 서류를 읍사무소에 제출하여 승낙을 받아가지고, 벌교역에서 로렐라이 언덕이 있는 산소로 가면서 도로를 살펴보니, 예전에는 바닷물을 갯벌 흙으로 쌓아올려 막아놓아서 한쪽에서는 바닷물이 파도를 치고 있었고 좁았던 뚝방길은 어찌나 미끄러운지 어린 용이가 한걸음을 내딛기도 어려웠고 밤이 되면 한쪽은 바다요 또 한쪽은 해변가의 논들이라서 사방천지가 암흑에 휩싸여서 길을 찾을 수가 없었고, 귀신이 나올 것만 같이 무서워서 혼자서는 도저히 갈수 없었던 길이 이제는 왕복 2차선의 반듯한 길로 만들어졌고, 그 위에 아스팔트까지 깔려서 시원스레 달릴 수 있게 되어 있었다.

같이 동행한 고향친구들과 함께 로렐라이 언덕이라고 불리는 언덕에 도착하여, 제일먼저 언덕에 살고 있는 토지신께 어머니와 아버지를 모셔가겠다고 알리는 제사를 지내고나서 박정심과 이재석의 묘를 해체하였다.

어머니 박정심이 돌아가신 지는 10여년 훌쩍 넘었고, 묘를 쓴 곳의 토질이 물 빠짐이 좋은 모래가 많이 섞인 사양토라서 유골들이 하얀색을 내며 잘 보존되고 있었고 아버지 이재석의 묘를 해체해보니 돌아가신지 5년 정도 되었고, 모래에 황토가 섞여서 물 빠짐이 좋지 않은 건지? 아님 부인 박정심이 살아 생전에 그렇게도 지긋지긋하게 고생을 시키더니 죽어서까지 속을 썩히려고 따라왔느냐?고 구박을 해서인지? 유골의 상태가 박정심의 것보다는 좋지 않았다.

유골을 보관함에 넣은후, 다시한번 로렐라이 언덕의 토지신께 그동안 잘 돌보아주셔서 감사하며 잘 계시라고 제를 올

171

리고, 순천에 있는 화장장으로 출발 하였다.

출발에 앞서서 하얀 등대에게 어머니 박정심이 떠난다고 알리고 있는데 빨간 모자 밑에 살고 있는 각시거미가 나와서 눈물을 그렁거리며 그동안 둘이서 시도 읊으며 정이 들었는데 "이제는 자주볼수 없는거냐"고 용이에게 물어 와서 예전 같이 자주는 못 오지만 일 년에 한 두 번은 용이의 아이들과 함께 맛있는 음식을 준비해서 찾아올 테니 섭섭해 하지 말라고 달래며, 작별을 고하고 돌아서면서 각시거미 같은 미물도 정을 알고 인간의 도리를 아는데, 이재석의 자식이며 용이의 남매들은 부모님의 산소를 이장하기위한 묘지터 공사장에 한 명도 참석하지 않은지 그 마음을 알 수가 없었다.

하얀 등대를 떠나서 화순에 있는 불문사 추모관으로 가는 길에 마지막으로 어머니 박정심이 아버지 박중양과 어머니 송화자와 짧은 기간이나마 행복하게 살았던 산등마을 웃나루 (지금은 공식 이름이 "상진"으로 바뀜)에 있는 집으로 가보았다.

세월이 흘러 집은 사라지고 오백 평에 달하던 집터와 마당에는, 예전에 자라고 있던 키가 크고 곰보 아가씨처럼 울퉁불퉁한 얼굴에 노랗게 익어 갔던 산등마을의 특산물인 유자나무는 모두 베어져 사라지고, 요즈음 인기를 끌고 있는

귤나무가 온 집터를 가득 메우며 주인행세를 하고 있었다.

집터를 안내 하던 외사촌 형님 박경운의 말에 의하면, 유자는 바닷바람을 쐬어야 커다랗게 매달려 유자맛의 특징인 시큼하고 달콤한 맛과 좋은 향기가나며 유자의 특징은 줄기와 가지에 탱자처럼 뾰쪽한 가시가 있고, 원산지는 중국인데 고려 말쯤 들어왔다고 추정되며 우리나라 남부 바닷바람이 불어오는 해안지방에 많이 심어 왔고 유자열매를 잘게 썰어 꿀이나 설탕에 재어놓고 차로 마시면 비타민 씨가 많이 함유되어 있어 감기도 예방하고 추위도 잘 이겨나갈 수 있으며, 옛날부터 추위를 이기기 위해 동지에 유자를 목욕물에 넣어서 목욕을 하거나, 피부가 좋아지고 은은한 향기를 내기위하여 여인네들이 유자를 많이 활용하였다고 하였다.

요즈음은 우리나라 날씨가 따뜻해지고 약간 추워져도 견딜 수 있도록 재배하는 방법이 널리 알려진 귤을 재배하게 되었고, 유자보다 수확량도 많아지고 가격도 훨씬 비싸며 맛이 좋아 수요가 많아져 농어촌의 고소득 작물로 각광을 받고 있다고 하였다.

우리나라에서 귤을 재배하였던 역사는 꽤 길어서 어떤 사람들은 삼국 시대부터 재배된 것으로 추정하기도 하고, 조선 시대에는 제주도에서 귀중한 진상품으로 올라오면 성균관과 서울의 4개 학교 유생들에게 특별과거를 실시하고 귤을 나누어줄 정도로 비싸고 맛이 있는 귀중한 과일 이었다고 한다.

하기야 용이가 시골에서 자라고 학교에 다닐 때만해도 귤은 구경하기도 힘들고 특별한 경우에 몇 개정도 선물을 받으면, 매우 맛이 있어서 남매들이 서로 먹으려고 쟁탈전을 벌였던 기억이 있다.

어머님의 유골을 모시고 집터를 돌아본 후에 순천에 있는 화장터로 향했다. 요즈음은 화장터도 많지 않아서 예약이 밀려 한참동안 화장 순서를 기다려야 하였다.

순서가 되어 화장터 관리인의 안내에 따라서 화장을 마치고, 유골을 넣는 도자기에 잘 모시고 자가용으로 순천을 출발하여 박정심이 태어나서 아버지 박중양 선장과 어머니 송화자와 행복하게 살았던 산등 마을이 있는 벌교읍을 지나서 박정심이 의붓아버지 김병만 밑에서 부엌데기로 온갖 고생을 했던 선들부락이있는 조성면 을지나서, 산길로 산길로 한참을 달리니 보성강 수력발전소에 전기를 생산할 수 있도록 보성강물을 공급해주고 있는 겸백면이 나왔다.,

이어서 박정심이 이재석에게 시집와서 살았던 동막마을에서 보성읍으로 가는 길을 가로막았던 높은 봉화산이 우뚝서있었고, 거의 한평생을 7남매를 낳아서 길러왔던 보성군을 거쳐서 노동면, 이양면, 춘양면, 능주면을 지나 화순 추모관으로 향하면서 용이가 인생 무상함을 느끼고 몇 년 전에 암이 와서 서울에 있는 삼성병원에 일 년 동안 입원했다가 병이 나을 때의 신비한 체험을 시로 표현해본 환생이란 시가 생각이나서 조용히 읊어 보았다.

"환생"

노아의 홍수 때처럼
잿빛 장대비가 수일 째
쉬임없이 퍼부어댄다

아무도 없는 어두컴컴한 방에
감금되어 지낸지
일년이 지나가고 있다

굵은 장대비 너머로
청아한 요령소리에 맞추어
상여꾼들이 망자를 위로하는
노래를 부르며
영혼이 갈길을 밝혀주고
그 뒤를 따라 망자를 애도하는
만장이 개미들처럼

긴 행렬을 지어 지나가고
슬픔에 찬 가족들이
통곡하며 따라 간다

어두운 빗줄기 사이로
부모형제들이 나타났다가
연기처럼 사라지고
슬프고 어려웠던 일들이
주마등처럼 스친다

창밖에 비가 그치고
아침햇살이 눈부신 광채를 띠며
붉게 떠 오른다

　불문사 추모관은 전남 화순군 도곡면 고인돌 1로에 있으며, 도로변에 있는 언덕위에는 많은 고인돌이 서 있었다. 추모관에 도착하여, 먼저 커다란 부처님상 앞에 있는 극락전에 음식을 차려놓고 재를 올려 부처님과 약사여래께 오늘부터 이재석,　박정심 부부가 기거하면서 부처님을 모시게 되었으니 너그럽게 받아주시고 잘 가르쳐 주십사하고 인사를 올렸다.
　모처럼 시간이 있는 몇몇의 남매들도 참석하여 함께 재를 올렸는데, 이구동성으로 추모관의 풍광이 좋다고 하였다. 그러면서 누군가는 산소를 이장하면 보상금이 많이 나온다는데 하며 궁금해 해서 어이가 없었지만, 오해받기 싫어서 보상금 가지고는 소요경비에 많이 부족하여 장남인 내가 지불하였다고 설명하였다.

그러면서 대부분의 남매들이 서울, 광주 등에 살고 있는데 광주에 가까운 화순 추모관으로 이장을 하여 다녀가기 에는 편리해서 좋겠다하고 하며 돌아갔다.

얼마 후 호주에서 둘째아들이 나와서 화순에 있는 추모관을 다녀갔는데 경치가 매우 좋은 곳에 추모관이 있다고 좋아 하였다고 한다.

산소의 이장이 끝나고 며칠이 지나자, 박정심이 떠나버려 슬퍼 할 하얀 등대의 빨간 모자 밑에 살고 있는 각시거미가 생각이 나서 벌교 산등부락에 있는 로렐라이어덕이라 불리는 언덕으로 찾아가 보았다.

여전히 하얀 등대는 박중양 선장이 난파당한 먼바다를 무심히 쳐다보고 있었다. 하얀 등대를 안아보면서 옛 생각에 잠기고 있는데 빨간 모자 밑에 살고 있는 각시거미가 나와서 반갑게 맞아주며, 어머니 박정심이 정토에서 풀꽃으로 피어나서 부처님의 설법을 들으며 열심히 공부하고 있다고 전해주어 용이가 감사의 뜻으로 각시거미에게 어머니에게 전해

달라고 "부처가 될 수 있는 공부"를 담은 시를 지어 읊어주
었다.

"나도 부처가 되다"

허황된 생각으로 살았던 나

깨달음에 천상의 음악소리가
온 세상에 울려 퍼지고
꽃비가 하염없이 쏟아진다

깨달음을 얻기 위해
카필라 왕국을 떠나
보드가야 사원의 보리수아래
앉아서 수행한지 어언 6년

깨달음을 방해하기 위해
수시로 악마가 나타나
물과 폭풍 바위와
칼을 휘둘러 공격해왔다
그러나 악마는 삿타르타의
옷깃조차 흔들지 못했다

깊은 명상과 치열한 수행으로
스스로 만들어 놓은 나와 사람,
세상과 우주에 대한
착각의 담벼락(이기심)을 허물고
깨달음을 얻었기 때문이다

깨달음의 눈으로 본 세상은
우리가 있다는 것
철석같이 믿는 것은
없는 것이고
없는 것 이라고 여기는 것은
있는 것 이라고한다

나는 자신을 허물고
우주와 하나가 되어본다

부록

어머니 박정심이 좋아하던
풀.꽃 시 모음

아까시사랑

그대향한
순백의 그리움이 꽃이 되었다
밤하늘의 별처럼......

그대향기는
고혹적으로 코끝을 스치며
추억을 일깨워주고
흘러내리는 벌꿀이 되었다

그대사랑은
변함없이 나를 감싸고
헤아릴 수없는 아까시사랑

자두소녀

자두를 보면 생각이 나는 소녀
빨갛게 영글어가는 자두 속에
그녀의 얼굴이 알알이 박혀있다

붉고 둥그런 예쁜 볼
유난히도 자두를 좋아했던 그녀는
자두 밭을 떠날 줄 몰랐다

해질녘까지 자두를 따 먹어
새빨개진 입술에 미소 지으며
행복해 했던 자두를 닮은 소녀

여느 때처럼 자두는 빨갛게 익어간다

유령개미

온 몸을 유령처럼
투명한 색으로 치장하고
집안에 숨어 산다

더듬이 곧추세우고
여왕개미 명령에 따라
어디든지 신출귀몰하게 나타나
일사분란하게 전진 한다

그들은 플로리다에서 밀입국한
천하무적 유령개미다

주, 유령개미는 플로리다에서 유입된 몇 안 되는 家住牲 개미이다

몽중산의 녹차밭

득량만의 해무를 머금고
수정구슬을 토해내는 녹차밭

참새들이 옹기종기 모여들어
짹짹 노래 부를 때마다

작설차 잎이 쏟아져 나와
연초록 숨을 내쉰다

다향으로 물들어 가는
몽중산의 녹차밭

주, 작설차는 녹차중 최고의 차로서 참새의 혀를 닮았다

전어 錢魚

시원한 가을바람이
전어들의 선잠을 깨운다
전어들이 뭍으로 올라오면,
집집마다 전어 굽는 냄새가
온 마을에 진동하고
하늘나라 신선도, 거렁뱅이도
스님도 발걸음을 멈춘다
조선시대에 전어와 닮은
버들잎 모양의 화살촉을 만들어
평시에는 돈으로 사용하고
전시에는 무기로 사용하였다

고구위마

굶주린 백성을 구한 고구마......
가족들이 옹기종기 모여앉아
 고구마를 구워 먹고 있다
부엌속에 타오르는 불꽃을
쳐다보며 군침을 삼킨다
다산의 여왕 고구마는
탯줄을 길게 뻗어 나가면서
수많은 새끼들을 매달고
토실토실하게 키워낸다
배가 고플 때는 쪄서 먹고
구워도 먹고 남으면,
빼깽이를 만들어놓고
겨울 내내 식량으로 사용 한다
요즈음은 건강식품으로
사랑받는 고구마이다

아까시 나무

매봉산 중턱에 뿌려진
하얀 설화

커다란 키에 가시로 둘러싼
갑옷을 입고

오월의 연초록 바람결에
매혹적인 향기를 뿜어낸다

커다란 꽃봉오리는 쉼없이
벌꿀을 쏟아내고

황폐한 땅에서도 삶을
포기하지 않은 아까시 나무

헌신하는 부처를 닮았다

산수유

매봉산 산수유

봄 햇살이 그리워서
꽃망울을 터뜨리고
뛰쳐나온 산수유

아직은 차가운 바람에
꽃들은 서로 껴안아
탐스런 꽃봉오리를 만들고

봄의 여신을 유혹 한다

생生의 길

망망대해를 항해하는 돛단배

목적지에 도착하면
잘살았으나 못살았으나
후회가 남는다

인간의 원초적 숙명이다

청계산의 초가을

초가을 바람이
청계산 마루를 할퀴고 지나가면
온 산을 하얀 눈꽃으로 수놓은
구절초 쑥부쟁이 벌개미취
쌍둥이 들이 누워 있다

구절초 잎은 국화를 닮아 커다랗고
쑥부쟁이는 도톰한 톱니모형의 잎이며
벌개미취 잎은 조그맣고 달걀모형이다

그들은 손에 손을 잡고
청계산의 초가을을 내달리고 있다

달항아리

그대 사랑으로 반달을 만들고
내 사랑으로 반달 만들어

뜨거운 불속에서도 껴안고 있는
사랑의 달항아리

그대와 나 달항아리 되었네

모과

청계산 자락 모과나무에
매달려있는
노랗고 커다란 보름달들

우주가 창조될 때
지구의 밤하늘을 밝히려고
걸어두었던 것일까

청계산 자락에 매달린
보름달을 따다가
이영시인 방에 걸어둘까

남천南天

한겨울 서릿발 아래
빨간 열매 주렁주렁 매달고
윗몸이 다리까지 처져내려
숨을 가누지 못하면서도
방긋 웃고 있는 남천

마치 일곱째를 임신하여
남산만큼 솟아난 배가
앞을 가려 뒤뚱 뒤뚱 걸으며
힘겨워 하면서도 기뻐하는
우리 어머니를 닮았다

타조

아프리카 사막 사바나지대에서
표범에게 쫓기던 타조가 빠르게 달리다
덤불속에 머리를   쳐 박는다

낙타처럼 빨리 달릴 수 있어
낙타새 라고 불린다

그래서
무거운 짐을 지우면
새라서 지고 갈 수가 없다하고
빨리 달리라고 독촉하면
낙타가 아니어서 안 된다는

영리한 기회주의 타조는
어려운 환경에서도 살아 남았다

여치

늦가을바람이

수크령 잎을 흔들면

들판을 누비던 너는

목놓아 이별가를 부른다

잉어가 돌아올 때

풋풋한 봄 내음이
잉어들의 겨울잠을 깨운다
한강의 잉어는 안양천을 향해
대장정에 나서고
검은 조약돌처럼 무리를 지어
강바닥을 덮는다
해오라기와 너구리들의
위협에도 아랑곳 않고
탯자리를 찾아서 끝없이
물길을 거슬러 간다
팔자수염을 휘날리며
선비인 양 처세해 왔지만
안양천에 도달해서
알을 낳고 쓰러져 버린다
화려한 윤슬 뒤에
슬픈 운명으로 살아가는 잉어

고목

청계산 자락에 서있는

삼백 년 된 살구나무

깊게 패인 주름 주름마다

많은 사연 아로 새기고

생사 갈림길을 헤매네

달빛 수채화

가을 달빛 수채화는

한 계절을 잉태했다

빨강 노랑 색색의 색종이에

아린 이별의 슬픈 사랑

낙엽 한 장 시 한 줄을

그대에게 띄워 보낸다

바람개비

바람개비가
바람을 맞아야 돌아가듯
나의 님은
사랑을 받아야 살아간다

섬진강

섬진강은 저 혼자서
흐르지 않는다

어머니처럼 수많은
생명을 품어 안고

머나먼 바다를 향해
묵묵히 흐른다

신화시대
– 유혈목이와 찔레의 사랑

복숭아꽃이 꽃비처럼 내리는 무릉도원
밤낮을 잊고 사랑에 빠져있는 오공과 도화

하늘나라에서 쫓겨난 도화는 머리에 백옥같이
하얀꽃을 피우며 오공이 돌아올 날만 기다린다

유혈목이로 변한 오공은 가시에 온몸이 묶여서
젓가락처럼 말라가는 도화에게 사랑을 속삭인다

지금도 유혈목이는 찔레나무를 껴안고 살아간다

꽃무릇

방울방울 그리움의
피를 토하고
점점 희멀건 얼굴 되어
마침내 스러져 버리는
나는 꽃무릇 이다

매봉산의 상흔傷痕

산마을을 향해 오르는 오솔길

도토리나무 육형제, 상수리 굴참 갈참
졸참 신갈 떡갈이 자태를 뽐낸다

떡메로 그들을 두둘겨 패는 소리가
온 산에 울려 퍼진다

매를 맞고 흘리는 피를 구경하고 있는
잔인한 마을 사람들

그들이 아픔을 아프다고 소리칠 때 마다
비 오듯이 쏟아져 내린다

도토리가 익어가는 가을이 되면 한번도
거르지 않고 매를 맞아왔다

도토리나무 들은 축구공이 들어 갈만큼
커다란 상처를 안고 평생을 살아간다

지워지지 않은 상흔이다

민달팽이

높이 솟은 북한산 백운대

하늘 안테나 곧추 세웠다

사방을 더듬거리며

발바닥의 진액으로

밧줄 꼬아

스파이더맨처럼 타고 오른다

화석이 된 은행나무

지구의 자궁에
잉태한
씨앗하나

세월의 바람결을 타고
뾰쪽한 바늘잎은
부채처럼 넓어지고

계절의 잎잎으로
회녹색 황록색 황금색으로
갈아 입는다

수 억 년을 살아온 씨앗
피라미드처럼 크게 자랐다

살아있는 화석, 은행나무

꿀벌

꿀을 따러 가요
꿀을 따러 가요
꿀 바구니 옆에 끼고
하늘을 윙윙 나는 꿀벌

봄에는 유채꽃밭으로
여름에는 아카시아 꽃으로
가을에는 가을꽃으로

나도 한 마리 꿀벌이 되어
잿빛 허공으로 날아 간다

구름 자尺벌레

구름을 재고 있는 자벌레
조릿대처럼 가는 몸매에
쇠고랑을 매달고 살아 간다

허리를 깊이 굽혀
두 팔꿈치를 땅에 붙이고
발에 닿도록 머리를 숙여
한자 한자 재고 있다

가끔씩 하늘을 쳐다보며
배를 짜던 직녀를 생각해내고
견우와의 사랑을 떠 올린다

지울 수 없는 그리움에
가냘픈 모가지를 쳐들고
자尺속에 갇혀 사는 자벌레

대파

흰머리 부끄러워

땅속깊이 감추고

거꾸로 살아 간다

노래하는 전봇대

장대 같은 꺽다리 아저씨
두 팔을 벌려 마디기둥 세우고
끝없는 오선지를 그려내어
허공에 매달고

높은 음은
까치들이 까악 까악 … …
낮은 음은
참새들이 쨋 쨋 … …
베이스와 화음은
부드러운 명주바람이… …

새들과 바람을 불러 모아
쉬 임없이 노래하는 전봇대

한 톨의 밀알

자신의 몸을 썩혀서

새싹을 키워내고

많은 알곡을 매달아

생명을 길러내는 한톨의 밀알

자신의 육신을 버려야만

수많은 생명을 굶주림에서

구해줄 수 있다는

헌신의 환희를 실천하며

캄캄한 흙속에서 죽어간다

이제는 참새가 아니다
– 자아상실의 시대(2)

오늘 아침에도
참새들이 수다를 떨며
선잠을 깨운다

황금빛 깃털을
가지런히 빗어내려
어여쁘게 단장 하고,

두발을 모아 팔짝 팔짝
참새로 돌아가야 하는데
아침밥 달라고 졸라 댄다

들판에서 먹이 잡을
생각은 잊어버리고
편안함에 길들여가는 참새

부채꽃, 눈개승마 ─升麻

폭염이 기승을 부리는
염천의 여름이 찾아오면

눈개승마는
파초선처럼 강풍을 일으키는
하얀 부채꽃을 만들어
거북처럼 넓은등에
한 가득 메고

바위산을 기어오르고
계곡을 뛰어넘어
배달에 나선다

해마다 혹서기에
시원한 바람을 선물하는
부채꽃 눈개승마

조장鳥葬

앙상한 감나무 가지위에
빨간 나신을 맡긴다

몸통이 뜯겨지고
궁둥이마저 뜯기어 나가고
두개골이 패여 간다

계절에 쪼아대는 부리 끝에서
홍시의 애환은 눈발에 흩어지고
그리움은 바람결에 날아간다

겨울 투구꽃

그렇게 아름답던 육신도

거친 바람에 찢겨나가고

앙상한 뼈 위에

투구를 쓰고 있는

충절의 겨울 투구꽃

앵두

외할머니 집 우물가에
빨간 분칠을 한 채
수줍게 얼굴 내미는 앵두

마치 푸른 허공위에
보석을 뿌려놓은 것 같이
알알이 매달려 빛나고 있다

내게도 저렇게 예쁜
사랑하나 있었으면 좋겠다

까치, 우주의 미아가 되다

우주의 저편에서

햇살을 삼켜버린 먹구름 사이로

견우와 직녀, 이별의 걸음마다

우박 같은 장대비가 쏟아 진다

머리는 대머리처럼 벗겨져 하얗고

며칠을 굶어 앙상하게 말라버린 채

온몸이 비에 젖은 까치들의 주검이

별똥별처럼 허공에서 쏟아져 내린다

은하수를 집어삼키는 폭풍우 속에

까치들은 우주의 미아가 되었다

찔레꽃의 계보

유월의 햇살아래

청계산 중턱을 하얗게 물들이는

찔레꽃

잠시라도 하얀 사랑을

잊을까봐

허공속의 구름을 쳐다보고 있다

행여나 오늘은 오시려나

석양에 그림자만 길게 드리운다

천년을 기다려온

나의 연인이여

눈물로 피워낸 찔레꽃

한 송이를

그대 가슴깊이 간직해 주오

괭이밥

초등학교 등교 길에서
괭이밥 한줌을 뜯어먹고
술에 취해 널브러졌는데

오늘도 조그만 괭이밥이
노란 꽃바구니에
바람 따라 춤추며 유혹 하네

괭이밥 술 향기에 취해서
길 고양이는 주정뱅이가 되고
애들은 그네를 타고 오르네

흰 선 씀바귀

매봉산 돌 틈에 고개 내밀며
임 기다리는 정절의 여인처럼
나를 반겨주는 흰 선씀바귀는
환생한 화타의 모습,

겨울동안 허약해진 나에게
기운찬 새봄을 맞게 해주네

바람에 날리는 가냘픈 몸에서
하얀 젖을 내어
헌신적으로 살아가는 흰 선 씀바귀

사라오름

두 번의
깨달음으로 만들어낸
바리때처럼 생긴 분화구
연중 물이 고여도 아름답다

습원을 출산한 산정호수는
노루귀 노루오줌 물망초 등
습지식물을 키워내고

지구 한 켠 분화구 안에서
노루 떼들이 풀을 뜯으며
신선처럼 살아가는 사라오름

동백꽃

좁쌀 같은 싸락눈이
송곳 되어 몰아치네

제우스를 사랑하는 동백,
온몸이 열정으로 불타올라
새빨간 꽃을 피워냈다네

질투에 눈먼 헤라의 칼날이
동백꽃의 목을 잘라버렸으나
눈밭에서도 붉게 피어나
정절의 표사가된 동백꽃

붉은 겨우살이

새에게 매달려 나무꼭대기에서
흔들 그네를 타듯이 살아가며

흡주로 나무껍질에 구멍을 뚫어
드라큐라처럼 양분을 훔쳐 먹고
예쁜 붉은꽃을 피워낸다

숙주나무를 따라 죽어야하는
슬픈 운명의 제주 붉은 겨우살이

두루미천남성

두루미인양
양 날개 쭉 펴고
긴 목을 높이 쳐들어
대나무처럼 고고한 자태로
사방을 둘러보고
천리 길도
한달음에 날아가는
나는 화타의
두루미천남성이다

뱀 딸기

외할머니 집 뒤뜨락에
노랑저고리 곰보아가씨

얼굴에 빨간 분칠하고
풀 섶 사이로 고개 내밀어

임이 오는 날만 기다린다

족두리꽃

열대 아메리카에서

우리 마을로 이사 온

크라오메 족두리꽃

가냘픈 몸매에

화려한 족두리 쓰고

바람결따라

나비 춤을 춘다

주) 크라오메는 족두리꽃의 원래 이름이다

227

뱀 딸기 2

긴 모가지 높이 쳐들어

가시덩쿨을 헤집고
바위 틈새사이 기어서
물웅덩이에 다리를 놓아

임을 찾아 간다

자목련

구름에 쌓인 금정산 기슭,

천년고찰 범어사를 지키는

자목련

온몸에 나무연꽃 매달고

돌부처인양

중생의 복을 빌고 있다

모란牧丹

오월의 운현궁 뜨락

크고 화려한 자태를 뽐내는

화중화花中花 모란

해바라기 꽃

팔월의 따가운 햇살아래
긴 허리 꼿꼿이 세우고
넓적한 얼굴에 미소 지으며
나를 기다리는
노란 해바라기 꽃
언제 찾아와도
나만 쳐다보는
박정이 시인을 닮은
노란 해바라기 꽃

주황색 꽈리

대모산 기슭에
보석을 뿌린 듯
아롱다롱 매달렸네

꽈리피리 입에 물고
바람과 뛰놀며
꽉 곽 소리를 내던

그리움 속에 투영된
추억의 주홍색 꽈리

해바라기 꽃 2

해바라기 꽃이

울타리를 넘어 가고 있다

가출을 하고 있다

계면쩍게 웃는다

시 어머니도 말릴 생각 않고

빙그레 미소만 짓고 있다

해를 찾아 가는 것은

용서 되는가 보다

해바라기 꽃 3

너를 닮은 해바라기 꽃이

긴목을 빼들어

철조망을 넘어가고 있다

넓은 얼굴이 멋쩍게 웃는다

보초병도 체포하지 않고

따라서 웃는다

해바라기 탈옥이다

자귀나무 사랑

높이 솟은 두승산 중턱에

빨강 분홍 색색의 화관을 쓰고

양귀비처럼 요염한 자태를 뽐내는

야합수夜合樹 자귀나무

밤마다 은하수를 금침삼아

뜨거운 사랑을 한다

노랑 병아리

노랑 병아리 걸음걸음마다
개나리꽃이 피어난다

풍선덩굴, 산타가 되다

온몸에 풍선을 매달고

뭉게구름으로 계단 만들어

한 층 한 층 기어오르며

초가을 하늘을 수놓고 있는

산타크로스 풍선덩굴

절망과 고통에 휩싸인

울부짖음을 외면할 수 없어

여름잠 자리 털고 일어나

바람결에 풍등을 날리고 있다

몽돌이 되다

마니산 계곡의 호박돌

파도소리 유혹에

덕적도 해변으로 모여 들어

별빛 쏟아지는 해변에서

구름 무복을 입고

파도를 노래하며

바람결의 춤을 춘다

가무에 빠져 세월을 잊고

몽돌이 되어 버렸다

금강초롱꽃

안개에 묻혀 있는 공룡능선

어두운 계곡 바위틈 사이로

가냘픈 몸매에 머리를 내밀어

불 밝히고 있는 금강초롱꽃

해가 뜨면 손을 잡고 거닐고

별이 뜨면 사랑 속삭이던 그대

초롱에 붓다의 자비를 수놓아

건들바람에 띄워 보내니

달빛 없는 깜깜한 밤중에도

사뿐히 오소서 나의 님이여

주, 공룡능선은 강원도 설악산에 있고 공룡을 닮은 능선이다